공부가 되는

삼국사기

〈공부가 되는〉 시리즈 **38**

공부가 되는
삼국사기

초판 1쇄 인쇄 2012년 5월 21일
초판 1쇄 발행 2012년 5월 28일

원작 김부식
엮은이 글공작소

책임편집 주리아, 김초희
책임디자인 박희정

펴낸이 이상순
주 간 서인찬
편집장 박윤주
기획편집 유현숙
디자인 황혜정
마케팅 홍보 김미숙, 이상광, 공경태, 모계영, 박순주

펴낸곳 (주)도서출판 아름다운사람들
주소 (413-756) 경기도 파주시 교하읍 문발리 파주출판문화정보단지 534-2
대표전화 (031)955-1001 **팩스** (031)955-1083
이메일 books777@naver.com
홈페이지 www.books114.net

ⓒ2012, 글공작소
ISBN 978-89-6513-166-3   63810

공부가 되는
삼국사기

원작 김부식 | **엮음** 글공작소 | **추천** 정명순 (대송초등학교 교사)

아름다운사람들

공부가 되는
삼국사기

고구려의 첫 임금
고주몽 •010
활을 잘 쏘았던 고주몽 │ 임금의 명으로 쓴 『삼국사기』

만주를 호령한 땅따먹기 대장
광개토 대왕 •018
기전체와 편년체, 기사본말체 │ 광개토 대왕의 아들, 장수왕

백제를 세운 주몽의 아들
온조 •028
황조가를 지은 유리왕 │ 백제를 남부여로 바꾼 성왕

후백제를 세운 백제의 후예
견훤 •034
미륵보살을 자처한 궁예 │ 훈요십조를 남긴 왕건

신라의 첫 임금
박혁거세 •044
한국의 로마, 국립 공원 경주 │ 뱀이 나타난 오릉

삼국을 통일한 신라의 임금
문무왕 •052
나당 전쟁 │ 무덤에도 신분이 있는 릉, 원, 묘

바보를 장군으로 만든 공주
평강 공주 •060
온달 콤플렉스와 평강 공주 콤플렉스 │ 온달 산성과 아차 산성

지혜로 100만 대군을 물리친 장수
을지문덕 •072
한국사의 3대첩

패했지만 위대한 장수
계백 •082
낙화암과 삼천 궁녀

나라 잃은 장수의 슬픈 운명
흑치상지 •090
백제 부흥 운동 │ 백제 부흥의 근거지, 주류성과 임존성

신라의 주춧돌이 된 소년 화랑
사다함 •098
우산국을 정복한 이사부

화랑정신의 백미
관창 •104
신라군을 네 차례나 격파한 계백

신분을 뛰어넘은 재상
을파소 •112
백성을 구한 진대법

우산국을 정복한 남자
이사부 •120
섬나라, 우산국

역사책을 편찬한 신라의 남자
거칠부 •128
신라의 자신감을 담은 역사책, 『국사』

당나라에서 이름을 떨친 신라의 학자
김인문 •134
노자와 장자의 노장 사상

새들도 속은 천재 화가의 그림
솔거 •140
솔거의 노송도

우리말 표기법 이두를 만든 사람
설총 •146
우리말 표기법, 이두 ┃ 설총의 아버지, 원효 대사

신라의 외로운 천재
최치원 •152
6두품의 최치원 ┃ 황소를 물리쳐라! 토황소격문

국경을 초월한 사랑
호동 왕자와 낙랑 공주 •160
전설의 북, 자명고 ┃ 위만의 고조선

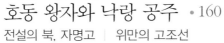

아이들이
『공부가 되는 삼국사기』를
읽으면 좋은 이유

1 우리 아이 첫 역사 필독서, 『삼국사기』

『삼국사기』는 『삼국유사』와 함께 고구려, 백제, 신라의 삼국 시대부터 통일 신라에 이르기까지 우리 민족의 태동과 흥망성쇠를 흥미진진하게 풀어낸 역사책입니다. 『삼국유사』는 일연이라는 스님이 개인적으로 쓴 역사책인 반면, 『삼국사기』는 왕의 명에 따라 공식적인 절차를 밟아 만들어진 정통 역사책입니다. 그래서 『삼국사기』에는 우리 민족의 성립부터 삼국 시대의 다양한 정치, 경제, 문화, 인물과 사건, 제도 등의 방대한 내용이 체계적으로 담겨 있습니다. 그 이야기를 따라가다 보면 우리 역사의 뿌리를 이해하고 선조들의 지혜와 용맹함에 자긍심을 갖게 될 것입니다. 그렇기에 『삼국사기』는 역사를 처음 접하고 공부하기 시작하는 우리 아이들이 반드시 읽어야 할 필독서입니다.

2 현존하는 가장 오래된 역사서입니다.

『삼국사기』는 지금까지 남아 있는 우리 역사책 중 가장 오래된 책입니다. 『삼국사기』이전에도 역사책은 있었지만, 불행하게도 지금은 모두 남아 있지 않습니다. 『삼국사기』와 더불어 지금까지 전해지는 『삼국유사』는 『삼국사기』보다 100여 년 뒤에 쓰인 책입니다. 『삼국사기』는 고려 인종 때인 1145년에 김부식이 인종의 명을 받아 집필한 책으로 당시 고려는 '이자겸의 난', '묘청의 난' 등이 일어나 매우 혼란스러운 상황이었습니다. 그래서 고려는 고구려, 백제, 신라 출신의 사람들이 함께 살아가는 단합된 나라를 만들기 위한 통합 정신이 필요했습니다. 그래서 인종은 삼국에 관한 역사책을 만들라고 했고, 그 결과로 태어난 책이 바로 『삼국사기』였습니다. 이렇듯 『삼국사기』에는 편찬부터 모든 고려인의 단결을 꾀하고 더 좋은 나라를 만들고자 한 선조들의 숭고한 뜻이 담겨 있습니다.

3 흥미진진한 이야기 전개와 꼼꼼한 역사적 배경 상식

『삼국사기』는 삼국 시대 역대 임금의 이야기에서부터 훌륭한 인물의 이야기, 그리고 당시의 문화와 종교 행사 등을 여러 분야로 나누어 각 50권에 걸쳐 다양하게 기록하고 있습니다. 이렇게 『삼국사기』는 그 양이 방대할 뿐만 아니라 내용 또한 다양해서, 자칫 지루하고 복잡하다는 오해를 할 수도 있습니다. 그래서 『공부가 되는 삼국사기』는 원전의 내용 중 재미난 이야기들을 중심으로 우리 아이들에게 꼭 필요한 내용들을 가려 뽑아 흥미롭게 풀어냈습니다. 또한 『삼국사기』를 좀 더 쉽게 이해하는 데 필요한 역사적 배경 상식들을 따로 꼼꼼하게 설명해 주고 있습니다. 그렇기 때문에 『공부가 되는 삼국사기』로는 역사와 상식을 한꺼번에 익힐 수 있습니다.

4 공부의 즐거움을 깨치는 〈공부가 되는〉 시리즈

〈공부가 되는〉 시리즈는 공부라면 지겹게만 여기는 우리 아이들에게 공부의 즐거움을 깨쳐 주면서 아울러 궁금한 것이 많은 우리 아이들의 지적 호기심을 동시에 해결해 주는 시리즈입니다. 공부의 맛과 재미는 탄탄한 기초 교양이라는 주춧돌 위에 세워질 때 그 효과가 증폭됩니다. 그리고 그 기초 교양은 우리 아이들이 학습에서 자기 주도적 능력을 발휘하는 데 든든한 밑거름이 됩니다. 『공부가 되는 삼국사기』는 역사를 재미있게 배울 수 있을 뿐만 아니라 우리 역사에 대한 자부심을 느낄 수 있도록 만들었습니다. 우리 아이들의 역사 공부를 위한 책으로는 최고의 주춧돌이 될 거라고 자부합니다.

고주몽

어느 날이었어요. 동부여를 다스리던 금와왕은 태백산 남쪽에 있는 우발수에서 우연히 한 여인을 만나게 되었어요. 금와왕은 여인의 고운 자태에 감탄했어요. 지친 기색이었으나 몹시 아름다웠으며, 초라한 옷을 걸치고 있었지만 어딘지 모를 기품이 느껴졌어요.

"당신은 누구십니까?"

금와왕은 여인에게 다가가 말을 건넸어요.

"저는 물의 신 하백 딸 유화라고 합니다."

"그런데 어찌하여 이렇게 혼자 계십니까?"

유화가 대답했어요.

"저는 하늘의 아들 해모수와 사랑에 빠지게 되었습니다. 그러자 우리 둘을 반대하시던 부모님이 크게 노하시어 결국 저를 쫓아내셨지요."

금와왕은 부모에게 내쫓겨 마땅히 갈 데도 없는 유화가 몹시 안쓰러웠어요. 그래서 유화를 궁궐로 데리고 가 방을 내주었어요. 그런데 이상하게도 유화가 있는 방에는 늘 햇빛이 가득 비쳤어요. 유화가 몸을 피할라치면 햇빛은 금세 그 뒤를 졸졸 따라와 비추었지요.

그 햇빛 때문이었을까요? 유화는 아이를 가지게 되었어요. 어느덧 배가 부른 유화는 아이를 낳게 되었지요. 그런데 참으로 이상한 일이 벌어졌어요. 유화가 낳은 것은 바로 사람이 아닌 하얀 알이었던 거예요.

"임금님, 유화 님께서 알을 낳으셨답니다."

신하의 보고를 들은 금와왕은 깜짝 놀라 유화에게 가 보았어요. 알을 보니 크기가 닷 되나 되는 것이 아주 크고 단단해 보였어요.

"사람이 알을 낳다니, 이런 해괴한 일이 있나. 여봐라, 당장 저 알을 내다 버려라."

신하들은 금와왕의 명령대로 알을 돼지우리에 버렸어요. 그러나 돼지는 알을 밟기는커녕 정성스럽게 보살피는 것이었어요. 개들에게 가져가 보았지만 결과는 똑같았어요. 소와 말 역시 알을 피해 다니며 따뜻하게 보살펴 주었어요.

"임금님, 짐승들이 알을 피해 다닙니다."

"이럴 수가, 알을 숲에 갖다 버려라!"

신하들은 알을 깊은 숲 속에 갖다 버렸어요. 그러자 이번에는 숲 속에 있는 새와 짐승들이 날개와 몸으로 알을 품어 주는 것이었어요.

"뭐? 안 되겠다! 당장 그 알을 깨 버려라!"

금와왕은 신하들에게 알을 깨 버리라고 명했어요. 그러나 알은 땅에 집어 던져도, 도끼로 내리쳐도 결코 깨지지 않았어요. 여전히 새하얀 채 상처 하나 없이 말끔할 뿐이었어요.

'저 알은 보통 알이 아니로구나.'

결국 금와왕은 유화에게 다시 알을 가져다주었어요.

유화는 알을 따뜻한 곳에 두었어요. 그러던 어느 날, 알이 저절로 쪼개지더니 한 사내아이가 태어났어요. 사람들은 아이의 건장한 체격을 보고 깜짝 놀라 수군거렸어요.

"저 아기 좀 봐, 어쩜 저렇게 크지?"

"역시 하늘이 주신 아기라 다른가 봐."

아이는 아주 슬기롭고 용맹했어요. 일곱 살이 되자 이미 활 쏘기의 명수가 되었지요.

"저렇게 멀리 있는 새를 맞히다니!"

"역시 너는 주몽이구나."

사람들은 아이를 '주몽'이라고 불렀어요. 당시 부여에서는 활을 잘 쏘는 사람을 일컬어 주몽이라 했기 때문이에요.

주몽은 자라나면서 점점 더 씩씩하고 용맹해졌어요. 금와왕의 일곱 아들과 함께 말을 타고 활을 쏘며 열심히 무예를 익혔지요. 주몽의 재주가 어찌나 뛰어나던지, 아무도 주몽을 당해 내지 못했어요.

"저놈을 그대로 두었다가는 필시 우리에게 화를 끼칠 게 분명해."

"맞아. 왕의 자리를 탐내고 있을지 누가 알겠어?"

어느덧 왕자들은 자신보다 뛰어난 주몽을 시기하기 시작했어요. 어떻게 하면 눈엣가시 같은 주몽을 내쫓을 수 있을까 고민했어요.

하루는 맏왕자 대소가 금와왕을 찾아가 이렇게 말했어요.

"아버님, 주몽은 알에서 나온 아이입니다. 주몽을 일찌감치 없애지 않으면 나라에 후환이 있을까 두렵습니다."

그러나 금와왕은 대소의 말을 듣지 않았어요. 대신 주몽을 불러 이렇게 말했지요.

"주몽아, 너는 오늘부터 마구간의 말을 돌보도록 하여라."

"예, 아버님."

금와왕의 방을 나오면서 주몽은 곧 자신에게 무슨 일이 생

활을 잘 쏘았던 고주몽

고주몽은 고구려를 세운 동명 성왕의 이름이에요. 고주몽이 태어난 부여에서는 활 잘 쏘는 사람을 주몽이라고 불렀대요. 동명 성왕을 고주몽이라고 부르게 된 것도 바로 이런 이유 때문이지요. 고주몽이 활을 얼마나 잘 쏘았던지, 겨우 일곱 살 때부터 활을 쏘기만 하면 백발백중이었다고 해요. 성이 고씨였기에 모두가 고주몽, 고주몽 하다 보니 이것이 진짜 이름이 되고 말았던 것이죠.

임금의 명으로 쓴 『삼국사기』

『삼국사기』는 고려 인종 23년인 1145년에 김부식이라는 사람이 왕의 명에 따라 고구려, 백제, 신라 세 나라의 역사를 기전체로 엮은 역사책이에요. 『삼국유사』가 일연이라는 스님이 개인의 자격으로 쓴 역사책이라면, 『삼국사기』는 임금이 명령을 내려 쓴 역사책이라는 점이 가장 큰 차이점이지요. 『삼국사기』는 지금까지 전하고 있는 우리 역사책 중 가장 오래된 역사책이에요.

길지도 모른다는 예감이 들었어요. 그래서 마구간의 말을 좋은 말과 나쁜 말로 나누어 두었어요. 좋은 말에게는 먹이를 적게 주고, 나쁜 말에게는 먹이를 듬뿍 주며 돌보았지요. 그러자 먹이를 많이 먹은 나쁜 말은 점점 살이 토실토실하게 올랐어요.

금와왕은 주몽이 보살핀 말을 살펴보더니, 비쩍 여윈 말을 가리키며 말했어요.

"이 말은 너에게 주도록 하마."

이렇게 해서 좋은 말을 얻게 된 주몽은 그 말에게 다시 먹이를 많이 주며 정성껏 돌보았어요.

한편 대소는 어떻게든 주몽을 없애고 싶어서 안달이 나 있었어요. 주몽의 이름이 널리 알려지고, 백성들이 주몽을 칭송하면 칭송할수록 대소의 시기심은 더욱 활활 불타올랐어요.

"어서 저 주몽 녀석을 죽여 버려야 해!"

주몽의 어머니인 유화는 대소와 나머지 왕자들이 주몽을 없애려 한다는 사실을 눈치챘어요. 그래서 아무도 모르게 주몽을 불러 이렇게 말했어요.

"주몽아, 너는 오늘 밤 안으로 이곳을 떠나도록 해라. 너에게는 뛰어난 재주와 지혜가 있으니 어디서든 잘살 수 있을 것이다."

"어머니……."

주몽이 안타까운 목소리로 말했어요. 주몽 역시 왕자들이 자신을 해치려 한다는 사실을 이미 알고 있었어요. 그러나 어머니와 부인 예씨만 남겨 두고 떠나려니 좀처럼 발길이 떨어지지 않았어요.

"서방님, 어서 가셔요. 이러다 왕자들이 알아채기라도 하면……."

주몽의 부인 예씨가 다급하게 말했어요. 주몽은 허리춤에 차고 있던 칼을 꺼내어 두 동강을 내었어요.

"내 이 칼을 일곱 모가 난 돌 위의 소나무 밑에 숨겨 두겠소. 아들이 태어나거든 이 칼을 찾아 나에게 오게 하시오."

부인은 눈물 고인 눈으로 고개를 끄덕였어요. 훗날 주몽의 아들이 칼을 가지고 찾아오니, 그가 바로 주몽의 뒤를 이어 고구려의 왕이 되는 유리왕이에요.

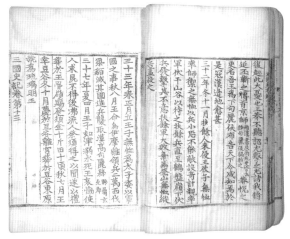

『삼국사기』 … 『삼국사기』는 고구려, 백제, 신라 세 나라에 대해 쓴 역사책이에요. 시대 순으로 일어난 일들을 기록한 '본기', 생활 모습을 보여 주는 '지', 왕의 즉위 연대를 정리한 '연표'와 중요한 인물의 삶을 기록한 '열전'으로 구성되어 있어요.

작별 인사를 마친 주몽은 마구간으로 가 그동안 정성스레 기른 말을 타고 밖으로 나왔어요. 그리고 부하인 오이, 마리, 협보 세 사람과 함께 서둘러 길을 떠났어요.

"형님, 주몽이 달아난 모양입니다!"

"뭐? 그놈을 당장 잡아야 한다!"

주몽이 탈출한 사실을 알게 된 대소는 추격대를 꾸려 주몽을 뒤쫓았어요.

그때 주몽 일행은 말을 타고 정신없이 내달리고 있었어요. 그러다 지금의 압록강 동쪽 지역인 엄사수 강가에 이르렀어요. 어느덧 뒤에서는 대소의 병사들이 따라오고 있었어요.

"다리도, 배도 없으니 이를 어쩌면 좋습니까?"

주몽의 부하들이 안타까운 목소리로 외쳤어요. 주몽은 잠시 생각하더니, 말에서 내려와 무릎을 꿇고 앉았어요.

"저는 천제의 손자요, 하백의 외손자입니다. 지금 저를 해치려는 적들에게 쫓기고 있으니, 부디 저를 굽어살펴 주시옵소서."

그때였어요. 갑자기 물에서 거북 수백만 마리가 나타나 등으로 다리를 만들어 주었어요. 덕분에 주몽 일행은 거북의 등을 밟고 강을 무사히 건너갈 수 있었어요. 주몽 일행이 강을 다 건너자 거북들은 어느새 온데간데없이 사라져 버렸어요.

잠시 후 대소의 추격대가 도착했지만 이미 늦은 뒤였어요.

대소는 강 건너편에서 말을 달리는 주몽의 뒷모습을 보며 탄식을 내뱉었어요.

강을 건넌 주몽 일행은 달리고 달려 졸본천이라는 곳에 다다랐어요. 졸본천은 땅이 기름지고 산세가 험하여 적들이 쉽게 쳐들어오지 못하는 곳이었지요.

"내 이곳을 도읍으로 삼아 나라를 세우겠다."

주몽은 졸본에 도읍을 정하고 고구려라는 나라를 세웠어요. 그리고 비류국을 다스리던 송양과 활쏘기를 겨루어 당당하게 이기고 비류국을 차지하게 되었지요. 주몽은 비류국에 '옛 땅을 다시 찾다.'라는 뜻의 다물도라는 이름을 붙여 주었어요.

동명왕릉의 사당과 동상 … 고주몽이라 불렸던 동명 성왕의 능은 평양에 있어요. 이 사진은 왕릉 입구에 들어서면 보이는 사당과 동명왕릉 앞에 세워진 왕릉을 지키는 동상을 찍은 사진이에요.

작은 나라였던 고구려는 그렇게 점점 부강한 나라가 되어 갔어요. 사람들은 주몽에게 동명 성왕이라는 칭호를 붙이며 그를 칭송했어요.

만주를 호령한 땅따먹기 대장

광개토 대왕

광개토 대왕은 고구려 제18대 왕인 고국양왕의 아들이에요.
고국양왕이 세상을 떠나자 그 뒤를 이어 왕위에 올랐지요.

391년 7월, 광개토 대왕은 백제를 공격하기 위해 4만 명의
군사를 모았어요. 그리고 이듬해인 392년 7월, 직접 군사들을
이끌고 백제로 쳐들어갔어요. 갑옷으로 단단히 무장한 광개토
대왕에게는 용맹함과 서릿발 같은 위엄이 서려 있었어요.

"용감한 고구려의 군사들이여! 그동안 땀 흘려 연마해 온 무
예를 마음껏 펼칠 때가 왔도다! 백제를 무찌르고 고구려의 위
상을 드높이자!"

광개토 대왕의 우렁찬 외침에 군사들은 "와아!"하고 소리를
질렀어요. 광개토 대왕은 군사를 이끌고 백제를 향해 성난 파
도처럼 말을 달렸어요. 깃발들이 나부끼고 북소리가 둥둥 울

리며 군사들의 사기를 북돋아 주었지요.

석현이라는 곳에 다다른 광개토 대왕은 군사들을 향해 말했어요.

"저곳이 바로 석현성이다. 석현성을 점령하고 저 넓은 들판을 우리 고구려가 차지할 수 있다면 이보다 더 좋은 일이 어디 있겠느냐? 자, 모두 앞으로 돌진하라!"

고구려의 군사들은 함성을 내지르며 석현성을 향해 나아갔어요. 그들의 사기는 하늘을 찌를 듯 높아져 좀처럼 두려운 것이 없었어요. 고구려 군사들이 돌진해 오자, 석현성을 지키는 백제의 군사들도 북을 치며 방어 태세를 갖추었어요.

이윽고 두 나라의 군사들이 맞붙었어요. 군사들은 모두 죽을 각오로 맹렬하게 싸웠어요. 하지만 백제 군사들은 4만 명이 넘는 고구려 군사들을 도저히 당해낼 수 없었어요.

"이럴 수가, 후퇴해야겠다!"

결국 백제 군사들은 뿔뿔이 흩어져 달아나고 말았어요.

전투에서 이긴 광개토 대왕은 그 여세를 몰아 석현성을 비롯한 백제의 성을 무려 열 군데나 점령했어요. 하지만 광개토 대왕은 이것으로 만족하지 않았어요. 그해 10월, 다시 군대를 정비한 뒤 이번에는 관미성을 쳐들어갔어요.

"관미성만큼은 꼭 지켜야 한다!"

석현성에서 뼈아픈 패배를 당했던 백제 군사들은 복수의 칼날을 갈고 있었어요. 특히나 관미성은 백제에게 있어서 결코 빼앗겨서는 안 되는 중요한 성이기도 했어요.

고구려 군사들은 20여 일간의 치열한 전투 끝에 관미성을 손에 넣는 데 성공했어요.

"만세! 만세! 고구려가 싸움에서 이겼다!"

승리했다는 소식을 들은 고구려 백성들은 기뻐하며 환호성을 질렀어요. 그리고 돌아오는 광개토 대왕과 그 군사들을 성문 밖까지 나가 환영했어요.

한편 고구려에게 패한 백제의 진사왕은 분한 마음을 도저히 참을 수가 없었어요. 그런데 이게 무슨 일일까요? 고구려에게 복수할 기회만을 노리던 진사왕이 그만 세상을 떠나고 만 거예요. 그 뒤 진사왕의 조카인 아신이 왕위에 올랐어요.

백제의 제17대 왕이 된 아신왕은 자신의 외삼촌인 진무라는 장군에게 군사 1만을 주어 고구려를 치게 했어요.

"부디 관미성을 되찾아 고구려의 코를 납작하게 만들어 주시오."

아신왕의 명령을 받은 진무는 군사들을 이끌고 관미성을 향해 나아갔어요. 백제 군사들의 마음은 고구려에 대한 복수심으로 이글이글 불타오르고 있었어요. 그러나 고구려 군사들의 단단한 방어막을 쉽게 뚫을 수는 없었어요.

싸움이 지지부진 길어지면서 백제 군사들의 식량은 동나고 말았어요. 안 그래도 점점 길어지는 싸움에 잔뜩 지쳐 있는데 이제는 먹을 것마저 없다니요? 백제 군사들은 말머리를 돌려 물러날 수밖에 없었어요.

그러나 백제의 아신왕은 좀처럼 포기하지 않았어요. 이번에는 다시 군사들을 모아 고구려의 수곡성을 치게 했지요.

"임금님, 백제가 또 쳐들어온다 합니다."

이 소식을 들은 광개토 대왕은 무예가 뛰어난 군사 5천 명을 거느리고 직접 수곡성 전투에 나섰어요. 광개토 대왕의 뛰어난 전술에 백제 군사들은 제대로 된 공격 한 번 해 보지 못한 채 그대로 당할 수밖에 없었어요. 그나마 남은 백제의 군사들은 밤이 되자 모두 달아나 버렸어요.

싸움에서 승리한 광개토 대왕은 남쪽에 일곱 개의 성을 짓게 했어요. 백제의 침입을 막기 위함이었어요.

"이번에는 꼭 이겨야 하오."

395년 8월, 아신왕은 진무에게 다시 2만의 군사를 주어 고구려를 치게 했어요. 진무 역시 이번만큼은 결코 패배하지 않으리라 굳게 다짐했지요.

양쪽 군사들은 지금의 예성강 부근인 패수라는 곳에서 다시 전투를 벌였어요. 하지만 이번에도 광개토 대왕이 승리했지요. 그 결과 무려 8천 명이나 되는 백제 군사들이 포로가 되거나 목숨을 빼앗겼어요.

기전체와 편년체, 기사본말체

기전체와 편년체, 기사본말체는 모두 역사를 기술하는 방법이에요. 먼저 기전체는 역사적으로 유명한 인물을 중심으로 이야기를 엮어가는 역사 서술 방법이에요. 중국의 유명한 역사가인 사마천이 쓴 『사기』가 바로 기전체로 쓴 역사책이에요. 편년체는 역사적 사실을 연대순으로 기록하는 방법을 말해요. 공자가 노나라의 역사를 쓴 책인 『춘추』는 편년체로 쓰인 역사책 중 가장 오래된 책이에요. 기사본말체는 연대나 인물이 아닌 사건에 중심을 두고 그 사건의 일부를 처음부터 끝까지 연차 순으로 한 데 모아 일관성 있게 쓰는 역사 서술 방법이에요. 조선 후기 이긍익이 쓴 『연려실기술』이 기사본말체로 쓴 역사책이지요.

상황이 이렇게 되자 아신왕도 가만히 있을 수만은 없었어요.

"에잇, 또 졌단 말이냐! 이번에는 내가 직접 나가겠다!"

화가 머리끝까지 치솟은 아신왕은 고구려를 치기 위해 직접 군사를 거느리고 길을 나섰어요. 한겨울이라 전투를 벌이기에는 적합하지 않았지만, 분노에 사로잡힌 아신왕에게는 전혀 문제가 되지 않았어요.

아신왕이 이끄는 백제의 군사들은 지금의 경기도 개성 부근인 청목령이라는 곳에 다다랐어요. 그런데 이를 어찌하면 좋을까요? 아직 본격적인 싸움을 하기도 전인데 함박눈이 펑펑 내리기 시작한 거예요. 백제 군사들은 갑자기 몰아닥친 강추위에 덜덜 떨다 얼어 죽었어요.

"하늘이 우리 백제를 도와주지 않는구나!"

결국 아신왕은 살아남은 군사들을 이끌고 백제로 돌아갈 수밖에 없었어요.

396년 3월, 광개토 대왕은 백제를 완전히 함락시킬 작전을 세웠어요. 그리고는 육군과 수군을 거느린 채 직접 전쟁에 나섰어요. 백제는 필사적으로 방어했지만 전세는 이미 고구려 쪽으로 기울어져 있었어요. 얼마 지나지 않아 고구려는 백제의 성 50여 개와 마을 수백 군데를 차지했어요.

"자, 이 기세를 몰아 백제의 수도까지 나아가자!"

사기가 오른 고구려 군사들은 이윽고 백제의 도읍인 한산까지 쳐들어갔어요.

"임금님, 이를 어찌하면 좋습니까!"

"이러다가는 한산마저 빼앗기겠습니다!"

백제의 아신왕은 신하들의 외침에 어쩔 줄을 몰랐어요. 백제의 군사들 또한 제대로 싸우지도 못한 채 달아나느라 바빴지요. 이제 가망이 없다고 여긴 아신왕은 일단 고구려에게 항복하여 위급한 고비를 넘기기로 마음먹었어요.

아신왕은 광개토 대왕에게 바칠 예물을 준비하여 고구려의 진영으로 향했어요.

"이제부터 우리 백제는 고구려를 섬기겠습니다. 이 선물을 받아 주시지요."

아신왕은 백성 천 명과 준비해 온 베 천 필을 바쳤어요. 광개토 대왕은 아신왕의 항복을 받아들이고, 58개의 성과 700여 곳의 마을을 차지하여 돌아왔어요. 아신왕의 동생을 비롯한 왕족과 신하들도 볼모로 함께 데려왔지요.

이후 백제는 고구려에게 조공을 바치며 지냈어요. 하지만 아신왕의 마음속 깊은 곳에는 고구려를 무찌르고 백제의 위신을 살리고야 말겠다는 야심이 꿈틀거리고 있었어요. 아신왕은 그 전부터 백제와 교류가 잦았던 왜에게 도움을 청하기로 마음먹었어요.

"우리 백제가 고구려를 치려 하니 군사를 지원해 주지 않겠소?"

왜는 아신왕의 요청을 흔쾌히 수락했어요. 왜의 지원을 받게 된 아신왕은 군사를 훈련하며 고구려 침략을 준비했어요.

광개토 대왕 재위 10년인 400년이었어요. 당시 신라의 제17대 왕이었던 내물왕이 왜의 침략을 받았다면서 도움을 청해 왔어요. 광개토 대왕은 곧바로 군사 5만 명을 신라로 보냈어요. 고구려와 신라의 연합군은 왜구를 거침없이 무찌르기 시작했어요.

"이런, 고구려가 도와주러 오다니!"

궁지에 몰린 왜구는 모두 도망치고 말았어요. 위기를 벗어난 신라는 자신들을 도와준 고구려에 대한 감사의 마음을 잊지 않았어요.

한편 백제 아신왕의 전쟁 준비도 이제 막바지에 치닫고 있었어요. 그리하여 404년, 마침내 백제와 왜의 연합군이 고구

려를 쳐들어왔어요. 그러나 광개토 대왕은 이미 아신왕의 계획을 꿰뚫어 보고 만반의 준비를 갖추어 놓은 상태였어요.

"이렇게까지 했는데 또 졌단 말인가!"

아신왕이 온몸을 부들부들 떨며 외쳤어요. 그 후 아신왕은 이듬해인 405년, 그토록 원하던 복수의 꿈을 이루지 못한 채 눈을 감았어요.

광개토 대왕은 백제와 왜의 기를 꺾고 고구려의 영역을 남쪽으로 넓혀 나갔어요. 이제 광개토 대왕의 목표는 바로 북쪽을 정벌하는 것이었지요.

한편 중국의 후연이라는 나라는 고구려를 치기 위해 호시탐탐 기회를 노리고 있었어요. 그러다 마침내 후연에게 기회가 찾아왔어요. 고구려가 신라를 도와주기 위해 군사들을 보낸 거예요. 후연은 고구려의 힘이 약해진 틈을 타서 고구려 북쪽의 신성과 남소라는 두 성을 빼앗는 데 성공했어요.

"두고 보아라! 내 네놈들을 꼭 무찌르고 말 것이니!"

광개토 대왕은 주먹을 불끈 쥐었어요. 군사들을 모은 광개토 대왕은 후연을 공격하여 빼앗긴 땅을 되찾고, 후연의 중심부인 숙군성까지 쳐들어갔어요. 후연의 군사들은 파죽지세로 공격해 오는 고구려 군을 당해낼 수가 없었어요.

"이것으로는 분이 다 풀리지 않는구나."

몇 년 후 광개토 대왕은 다시 후연을 쳐들어갔어요. 그리고

광개토 대왕릉비 탁본 … 탁본은 비석 같은 데 새겨진 글씨나 무늬를 종이에 그대로 떠낸 것을 말해요. 장수왕이 새운 광개토 대왕릉비에는 고구려의 역사와 광개토 대왕의 업적이 주로 새겨져 있어요. 이 비는 고구려 역사 연구에서 중요한 자료로 활용되고 있어요.

전투를 거듭하여 마침내 700년 동안이나 중국의 손아귀에 있었던 옛 고조선의 땅을 되찾을 수 있었어요.

'선왕들이시여, 드디어 제가 그토록 염원하던 요동 벌판을 되찾았습니다!'

광개토 대왕의 눈에 뜨거운 눈물이 맺혔어요.

광개토 대왕은 그 후로도 꾸준히 고구려의 영토를 넓혀 나갔어요. 후연과도 친교를 맺어 이제 고구려를 괴롭힐 수 있는 나라는 주변에 하나도 없었어요.

410년에는 부여를 흡수하여 만주 벌판까지 손에 넣었어요. 고구려의 역사 중 가장 넓은 영토를 이룩한 거예요. 나랏일 또한 잘 다스려서 백성들이 살기 좋았으니, 그야말로 고구려의 전성기라 할 수 있었지요.

훗날 광개토 대왕의 뒤를 이어 왕위에 오른 장수왕은 아버지인 광개토 대왕의 업적을 기리기 위해 만주에 광개토 대왕비를 세웠어요.

광개토 대왕의 아들, 장수왕

장수왕은 광개토 대왕의 아들로, 무려 78년간이나 왕위에 있었어요. 우리나라 역사를 통틀어 가장 오랜 기간 나라를 통치한 왕이지요. 뿐만 아니라 가장 오래 산 왕이기도 해요. 기록에 따르면 장수왕은 스무 살에 왕위에 올라 아흔여덟에 세상을 떠났으니 지금 봐도 무척이나 오래 산 왕이지요. 그래서 시호 역시 오래 살았다는 뜻인 장수왕이에요. 장수왕이 재위 15년 만에 고구려의 수도를 국내성에서 평양성으로 옮기면서 고구려는 남쪽으로 영토를 더욱 넓힐 수 있었고, 그와 동시에 고구려는 최고 전성기를 맞게 되었어요.

백제를 세운 주몽의 아들

온조

금와왕을 피하여 달아난 주몽은 졸본을 도읍으로 하여 고구려라는 나라를 세웠어요. 졸본의 연타발이라는 사람은 일찍이 주몽이 범상치 않은 인재라는 것을 알아보았어요. 그래서 자신의 딸인 소서노를 주몽의 아내(왕비)로 내주었지요.

소서노는 주몽이 고구려를 건국하는 데 많은 도움을 주었어요. 주몽은 그런 소서노를 아끼고 총애했어요. 소서노에게는 죽은 전 남편인 우태와의 사이에서 얻은 첫째 아들 비류와 둘째 아들 온조가 있었어요. 주몽은 비류와 온조를 마치 자신의 아들처럼 대해 주었어요.

그런데 주몽이 동부여에 있을 시절, 그의 아내였던 예씨 부인은 이미 주몽의 아이를 가지고 있었어요. 주몽이 그렇게 떠난 뒤 예씨 부인은 홀로 아들인 유리를 낳았어요.

"어머니, 제 아버지는 도대체 누구신가요?"

유리는 자랄수록 자신의 아버지에 대해 몹시 궁금해 했어요. 예씨 부인은 그런 유리에게 아버지 주몽의 이야기를 들려주었어요.

"유리야, 네 아버지는 고주몽이라는 훌륭한 분이시란다. 사정이 있어 이곳을 떠나 남쪽에 나라를 세워 왕이 되셨다 들었단다. 훗날 네가 크거든 자신을 찾아오라며 부러진 칼을 숨겨 두고 떠나셨지."

유리는 예씨 부인의 이야기를 들으며 다짐했어요.

'좀 더 크면 칼을 찾아서 꼭 아버지를 만나러 갈 거야.'

유리는 자신의 결심대로 주몽이 숨겨 둔 칼을 찾아 고구려로 향했어요.

"아버지, 제가 아버지의 아들 유리입니다!"

유리는 일찍이 주몽이 숨겨 두었던 부러진 칼을 내밀었어요. 주몽은 유리가 건넨 칼을 자신의 칼과 맞춰 보았어요. 두 칼의 부러진 부분이 꼭 맞물렸어요.

"과연, 내 아들 유리가 맞구나!"

주몽은 매우 기뻐하며 유리를 고구려의 태자로 삼았어요.

황조가를 지은 유리왕

주몽의 뒤를 이어 고구려의 제2대 왕이 된 유리왕은 졸본성에 있던 고구려의 수도를 국내성으로 옮겼어요. 이때부터 장수왕이 고구려의 수도를 평양으로 옮겼던 427년까지 국내성이 고구려의 수도가 되었지요. 유리왕은 현재까지 알려진 가장 오래된 서정시인 '황조가'를 짓기도 했어요. 『삼국유사』에 전하고 있는 그 시의 내용은 다음과 같아요.

황조가
펄펄 나는 저 꾀꼬리
암수 서로 정답구나.
외로워라 이내 몸은
뉘와 함께 돌아갈꼬.

위나암성 … 고구려 유리왕이 서기 3년에 국내성으로 수도를 이동하면서 적으로부터 국내성을 보호하기 위해 쌓은 산성으로 사진은 위나암성의 남쪽 성터예요.

‘이제 장차 유리 형님이 고구려의 왕이 되겠구나…….’

이를 보는 비류와 온조의 마음은 씁쓸해졌어요.

그러던 어느 날이었어요. 비류가 온조의 방을 찾았어요.

"내 너에게 할 말이 있어 왔다."

"형님, 무슨 일이라도 있으신가요?"

온조의 물음에 비류가 입을 열었어요.

"고구려의 왕이 될 수 없다면 차라리 이 땅을 떠나 새 출발을 하는 게 나을 것 같다. 온조야, 네 생각은 어떠하냐?"

그러자 온조가 고개를 끄덕이며 대답했어요.

"형님 말씀이 옳습니다. 저도 함께 떠나겠습니다."

그리하여 비류와 온조는 어머니 소서노를 모시고 새로운 나라를 세우기 위해 길을 떠났어요. 오간, 마려 등 열 명의 신하

들도 함께 갔지요.

"비류 님, 온조 님! 저희도 따라가겠습니다."

비류와 온조가 나라를 떠난다는 소식을 들은 백성들은 줄지어 그 뒤를 따랐어요. 그렇게 남쪽으로 향한 비류와 온조 일행은 한산이라는 곳에 이르렀어요.

"비류 님, 이곳을 도읍으로 삼는 것이 어떠합니까?"

신하들이 물었어요. 그곳은 북쪽으로는 강이 흐르고, 동쪽으로는 높은 산이 있으며, 남쪽으로는 비옥한 들판이 펼쳐져 있었어요. 게다가 서쪽은 바다로 막혀 있으니, 그야말로 하늘이 내린 완벽한 요새가 아닐 수 없었어요.

그러나 비류는 이곳이 좀처럼 마음에 들지 않았어요.

"나는 좀 더 바다와 가까운 곳에 도읍을 정하고 싶소."

"형님, 바닷가도 좋지만 이곳만큼 훌륭한 곳이 또 어디 있겠습니까? 그러지 말고 이곳을 도읍으로 삼으세요."

온조의 설득에도 비류는 자신의 뜻을 고집할 뿐이었어요.

"아니다. 나는 새로운 땅을 찾아 다시 떠나겠다."

결국 비류는 백성들을 나누어 데리고는 서쪽으로 길을 떠났어요. 그리고 지금의 인천인 미추홀이라는 곳에 터를 잡았지요.

"온조 님은 어찌하시겠습니까?"

비류의 뒷모습을 바라보며 신하들이 물었어요. 온조는 잠

백제를 남부여로 바꾼 성왕

성왕은 30년간 왕위에 있으면서 백제의 도읍을 공주에서 부여로, 나라 이름을 백제에서 남부여로 바꾸었어요. 이 모든 것은 백제의 부흥을 꾀하기 위해서였지요. 하지만 많은 노력에도 불구하고 성왕은 당시 신라 왕이던 진흥왕에게 한강 유역을 빼앗겼어요. 이 땅을 되찾기 위해 554년에 신라를 공격했지만, 관산성에서 전사하면서 백제의 부흥을 끝마치지 못했어요.

시 생각하더니 이윽고 입을 열었어요.

"형님은 이곳이 싫다 하셨지만, 내가 보기에 이곳만큼 좋은 곳도 없소. 나는 이곳에 자리를 잡도록 하겠소."

그리하여 온조는 이곳을 도읍으로 삼아 위례성을 쌓고 나라의 이름을 십제라고 하였어요.

한편 미추홀에 나라를 세운 비류는 예상외의 장애물을 맞아 힘겨워하고 있었어요. 미추홀은 바다와 가까이 있다 보니 땅에 물기가 많아 농작물이 제대로 자라지 않았던 거예요. 물에는 소금기가 감돌아 어찌나 짜던지, 백성들이 살기에 너무나 불편한 곳이었어요.

"임금님, 밭의 농작물이 다 말라 버렸다 합니다."

"백성들의 불만이 이만저만이 아닙니다."

신하들의 보고에 비류는 지끈지끈한 머리를 부여잡았어요.

'괜히 미추홀에 터를 잡은 것일까?'

그러자 비류는 문득 한산에 터를 잡은 온조가 잘하고 있는지 궁금해졌어요. 신하들이 말했던 것처럼 위례성이 정말 좋은 곳인지 직접 확인해 보고 싶은 마음도 들었지요.

"그래, 내 두 눈으로 직접 살펴야겠다."

얼마 후 비류는 위례성으로 가 보았어요. 위례성은 땅이 비옥하여 농작물이 아주 잘 자랐어요. 먹을 것이 풍족하니 백성들의 얼굴에는 늘 싱글벙글 웃음이 가득했지요. 그 모습에 비류는 자신의 잘못된 선택이 더욱 뼈저리게 다가왔어요.

"온조와 신하들의 말대로 한산에 도읍을 정해야 했어……."

깊은 후회로 몸서리치던 비류는 결국 세상을 떠났어요. 비류가 죽자 미추홀의 백성들은 온조가 있는 위례성으로 모두 돌아왔어요.

"형님이 돌아가셨다니……."

온조는 몹시 슬퍼하며 미추홀의 백성들을 받아들였어요. 그리고 미추홀로 갔던 신하와 백성들이 돌아왔다고 하여 나라의 이름을 백제로 바꾸었어요. 그렇게 점점 국력을 키운 백제는 훗날 성왕 시절 나라의 도읍을 사비로 옮기게 되지요.

백제 성왕 … 백제의 제26대 왕으로 다른 나라의 침략에 의해서가 아닌, 백제의 발전을 위해 계획적으로 수도를 옮긴 왕이에요. 성왕은 중국의 남조와 교류하여 일본에 불교를 전파하기도 했어요.

후백제를 세운 백제의 후예

견훤

견훤은 백제가 멸망한 뒤 후백제를 세웠던 인물이에요. 그의 아버지는 상주 가은현의 아자개라는 사람이에요. 아자개는 농사를 지으며 살다가 훗날 집안을 일으켜 장군이 되지요.

그날도 아자개는 열심히 들일을 하고 있었어요. 견훤의 어머니는 남편의 식사를 준비하여 들까지 가지고 왔어요. 그녀는 어린 견훤을 강보에 잘 감싸 나무 아래 뉘어 두었어요.

"아기야, 저기 아버지 보이지? 아버지께 진지 가져다 드리고 올게."

견훤의 어머니는 서둘러 밥을 가져다주고 돌아왔어요. 그런데 이게 어찌된 일일까요? 나무 밑을 보던 견훤의 어머니는 소스라치게 놀라고 말았어요. 글쎄, 웬 커다란 호랑이 한 마리가 어린 견훤에게 젖을 먹이고 있었던 거예요!

"여보, 어서 이리 와 봐요!"

부인의 외침에 아자개가 달려왔어요. 아자개 역시 이 놀라운 광경에 좀처럼 입을 다물지 못했어요. 젖을 다 먹인 호랑이는 천연덕스럽게 숲으로 사라졌어요. 아무것도 모르는 어린 아기는 그저 방긋방긋 웃고만 있었지요.

"호랑이가 젖을 먹이다니……. 이 아이는 분명히 크게 될 거야."

아버지인 아자개가 말했어요. 이 소식을 들은 마을 사람들도 모두 신기하게 여겼어요.

견훤은 몸집이 건장하고 무예가 뛰어난 청년으로 자라났어요. 배포가 크고 기개가 높으며 매우 용맹스러웠어요. 전쟁터에 나가서는 아예 창을 베고 자며 적을 기다렸고, 늘 목숨을 아끼지 않고 앞장서서 싸웠어요. 그리하여 비장이라는 벼슬을 얻어 장수가 되었지요.

그 무렵 신라의 조정은 매우 혼란스러웠어요. 진성 여왕의 총애를 받는 신하들이 자신의 권력을 마음껏 휘둘렀고, 흉년이 겹쳐 굶어 죽는 백성들이 늘었어요. 견디다 못한 백성들은 결국 도적 떼가 되어 곳곳에서 들고일어났어요.

"나라가 썩을 대로 썩어 더는 가망이 없구나. 이제 내가 새로운 나라를 세워 왕이 되리라."

견훤의 마음속에서는 새로운 나라를 건설하겠다는 야망이

꿈틀거렸어요. 그래서 자신과 뜻을 함께할 무리를 모으기 시작했지요. 고통 받던 백성들은 견훤의 등장에 열렬히 환호했어요. 뜻을 세운 지 한 달 만에 무려 5천 명이나 되는 사람들이 모였어요.

세력이 커진 견훤은 지금의 전라북도 전주인 완산주로 향했어요.

"견훤 님! 부디 새로운 나라를 이룩하여 저희를 잘 다스려 주십시오."

견훤이 온다는 소식을 들은 백성들은 모두 거리로 나와 견훤 일행을 환영했어요. 백성들의 환호에 견훤이 기뻐하며 입을 열었어요.

"우리 백제는 세 나라 중 가장 먼저 일어났소. 그러나 신라와 당나라 군사들에게 당하여 기나긴 역사의 막을 내리고 말았소. 그러니 나는 이제 이곳 완산을 도읍으로 하여 의자왕의 분함을 씻어 줄 것이오."

견훤은 스스로를 왕이라 하며 완산주를 도읍으로 삼아 후백제를 세웠어요. 견훤의 나이 서른네 살이던 900년의 일이었어요. 당시 신라의 왕은 제52대 효공왕이었지요. 견훤은 이웃 나라인 중국 오월에 사신을 보내어 나라 간의 관계를 돈독히 하려 했어요.

다음 해, 궁예도 철원에 후고구려를 세워 스스로 왕이 되었

지요. 그러나 918년, 왕건이 궁예를 몰아내고 고려라는 새로운 나라를 건국했어요. 소식을 들은 견훤은 왕건에게 신하를 보내어 부채와 지리산 대나무로 만든 화살을 선물했어요. 그러고는 재빨리 오월에도 사신을 보냈지요. 한반도의 정세가 어지러우니 중국에게 후백제의 존재를 인정받고 안정을 꾀하고자 했던 거예요.

견훤은 차츰차츰 세력을 넓혀 가며 신라를 멸망시킬 계획을 세우고 있었어요. 마침내 927년 가을, 견훤은 군사를 이끌고 신라로 쳐들어갔어요. 근품성과 지금의 경상북도 영천인 고울부를 친 뒤, 어느덧 신라의 수도 근처까지 다다랐지요.

당시 신라의 왕은 제55대 경애왕이었어요. 경애왕은 고려의 왕건에게 지원군을 보내 달라고 요청했지요. 그러나 고려군이 오기 전에 견훤이 이끄는 후백제군이 먼저 도착하고 말았어요.

"아니, 견훤의 군사들이 벌써 왔단 말인가!"

포석정에서 왕비와 후궁들을 거느리고 술을 마시던 경애왕은 깜짝 놀라 달아났어요.

미륵보살을 자처한 궁예

신라 말기, 궁예는 혼란한 시기를 틈타 신라를 대신할 후고구려라는 나라를 세웠어요. 어려서부터 힘들게 살았던 궁예는 중이 된 뒤, 스스로를 살아있는 미륵보살이라고 하면서 많은 사람들을 휘어잡고 임금이 되었어요. 미륵보살이란 부처를 대신여 미래에 중생을 구원할 부처를 말해요. 미륵보살을 자처하던 궁예는 말년에 포악을 부려 주변 인심을 모두 잃고 말았어요. 궁예를 견디다 못한 왕건은 궁예의 부하들과 힘을 합해 궁예를 몰아냈어요. 결국 궁예는 쫓겨서 도망가다 비참한 최후를 맞이하고 말았지요.

경순왕 영정 ··· 신라의 마지막 왕인 제56대 경순왕의 영정이에요. 경순왕은 경애왕이 죽고 뒤를 이어 견훤에 의해 왕위에 올랐으나, 8년 만에 스스로 왕위를 포기하였고 그와 함께 신라의 역사도 막을 내렸어요.

"경애왕이 도망친다! 어서 잡아라!"

경애왕은 견훤에게 그대로 사로잡히고 말았어요. 한 나라의 왕으로서 적에게 치욕스러운 죽음을 맞이할 수는 없다고 생각한 경애왕은 스스로 목숨을 끊었어요.

견훤은 경애왕의 집안 동생인 김부에게 신라의 왕위를 잇게 했어요. 김부는 바로 신라의 제56대 마지막 임금인 경순왕이에요. 견훤은 왕의 동생인 효렴과 재상 영경을 포로로 잡고, 신라 궁궐의 창고에 있는 진귀한 보물과 무기들을 모조리 쓸어 담았어요.

"뭐? 경애왕이 견훤의 공격을 받아 스스로 목숨을 끊었다고?"

왕건은 방향을 돌려 지금의 경상북도 팔공산 부근인 공산 아래로 군사를 이동시켰어요. 그리고 견훤이 그곳을 지나갈 때까지 꼼짝 않고 지키고 있었어요. 잠시 후, 후백제로 돌아가는 견훤과 군사들의 모습이 보였어요.

"지금이다, 모두 공격해라!"

왕건의 지휘 아래 고려 군사들은 후백제의 군사들에게 달려들었어요. 그러나 견훤의 군사들은 이미 신라를 무찌른 기쁨에 사기가 하늘을 찌를 듯했어요. 결국 왕건은 싸움에서 크게 패했어요. 고려 군사들 대부분이 목숨을 잃었을 뿐만 아니라, 김락과 숭겸 두 장수마저 잃고 말았지요.

그 무렵 신라는 점점 기울어가고 있었어요. 경순왕도 신하들도 신라의 힘만으로는 나라를 다시 일으키기 어렵다고 생각했어요. 그래서 고려의 왕건에게 힘을 빌리려 했지요.

"안 되겠다. 저러다 고려가 먼저 신라를 정복하겠어!"

소식을 들은 견훤은 군사를 이끌고 신라로 쳐들어가 일단 기선을 제압했어요. 그러고는 왕건에게 편지를 보내어 서로 전쟁을 하지 말자는 뜻을 전했어요. 편지를 읽은 왕건은 견훤에게 답장을 보내왔어요.

'그대는 작은 이익을 얻고자 신라 임금의 목을 베고 궁궐을 불태웠소. 뿐만 아니라 신하와 백성들을 죽이고 신라의 보물들을 가져갔소. 이는 걸왕, 주왕보다 더하고 제 어미를 잡아먹는 짐승보다 더 큰 죄를 지은 거요…….'

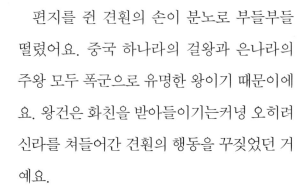
편지를 쥔 견훤의 손이 분노로 부들부들 떨렸어요. 중국 하나라의 걸왕과 은나라의 주왕 모두 폭군으로 유명한 왕이기 때문이에요. 왕건은 화친을 받아들이기는커녕 오히려 신라를 쳐들어간 견훤의 행동을 꾸짖었던 거예요.

"감히 나에게 짐승 운운하며 충고를 해?"

견훤은 화가 치밀어 바득바득 이를 갈았어요.

이듬해 5월, 견훤은 지금의 경상남도 진주인 강주, 경상북도 군위 부근인 부곡성 등을 공격하며 후백제의 영토를 넓히려 했어요. 929년 7월에는 무장한 군사 5천 명을 이끌고 고려의 의성부를 쳐들어갔어요. 그 전투에서 고려의 장군 홍술이 세상을 떠나고 말았어요.

홍술의 전사 소식을 들은 왕건은 통곡했어요.

"홍술마저 죽다니, 이제 나는 양손을 다 잃었구나!"

견훤은 그 여세를 몰아 지금의 경상북도 안동인 고창군의 병산 아래로 향했어요. 그러나 이번에는 오히려 견훤이 크게 패하여 군사를 무려 8천여 명이나 잃었어요. 간신히 도망친 견훤은 다시 군대를 정비하여 순주성을 습격했어요. 순주성을 지키던 장군 원봉은 결국 공격을 막아내지 못하고 그대로 달아났지요.

934년 정월이었어요. 견훤은 왕건이 지금의 충청남도 홍성 부근인 운주에 머무르고 있다는 소식을 들었어요.

"지금이야말로 왕건을 물리칠 절호의 기회다."

견훤은 군사 5천 명을 직접 훈련시킨 뒤 운주로 쳐들어갔어요. 그러나 고려 장군 유금필의 군사들에게 크게 패하고 말았어요. 무려 삼천여 명의 군사들이 죽거나 포로가 되었지요.

견훤이 싸움에서 졌다는 소식은 빠르게 퍼져 나갔어요. 그러자 지금의 충청남도 공주 지역인 웅진의 30여 성들이 왕건에게 항복해 버렸어요. 심지어는 견훤의 부하였던 종훈과 훈겸, 상달과 최필까지 왕건에게 가 버렸지요.

"아, 이를 어쩌면 좋단 말인가!"

견훤은 지끈거리는 머리를 부여잡고 괴로워했어요. 하지만 불행은 여기서 끝나지 않았어요.

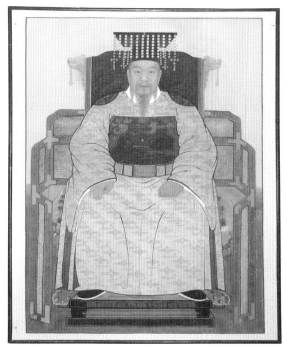

왕건 … 고려의 시조인 왕건의 영정이에요. 왕건은 백제의 견훤과 치열한 전투를 벌인 끝에 마침내 삼국 통일을 이루어 내고 고려를 세울 수 있었어요.

금산사의 미륵전 ··· 국보 제 62호로 지정된 금산사의 미륵전이에요. 후백제 935년에 장남 신검에 의해 견훤이 유폐된 절이기도 해요.

견훤의 아들들이 왕위를 두고 서로 다투기 시작한 거예요.

견훤은 여러 아내에게서 열 명이 넘는 아들을 두었어요. 그 중 훤칠하고 총명한 넷째 아들 금강을 유달리 아꼈지요. 훗날 자신의 왕위를 물려주리라 생각할 정도였어요.

"아버지는 왜 금강 녀석만 아끼시는 거지?"

금강의 형인 신검, 양검, 용검은 그런 아버지에게 불만이 많았어요. 그러던 935년 3월, 그동안 쌓여 있던 형제들의 불만이 한꺼번에 터지고 말았어요. 세 아들은 동생 금강의 목숨을 빼앗고 아버지 견훤을 금산사에 가두어 버렸어요.

"자식들이 아비인 내게 이럴 줄이야!"

견훤은 깊은 배신감에 어쩔 줄을 몰랐어요.

그해 6월, 금산사를 겨우 탈출한 견훤은 왕건을 찾아갔어요. 평생을 두고 엎치락뒤치락 싸웠던 맞수에게 이제는 몸을 의탁해야만 하는 신세가 된 거예요.

"자식이란 것들이 아비에게 반역을 하다니, 어찌 이런 일이 있을 수 있겠습니까? 부디 고려의 군사를 움직여 왕 행세를 하고 있는 자식들을 혼쭐내 주십시오."

안 그래도 후백제를 무찌르고 싶었던 왕건에게는 무척 반가운 제안이었어요. 왕건은 태자 무와 장군 박술희에게 군사 1만 명을 주어 후백제를 치게 했어요. 가을에는 본인이 직접 군사를 이끌고 지금의 경상북도 선산인 일선으로 쳐들어갔지요.

견훤의 세 아들은 고려의 공격을 막아내지 못한 채 결국 무릎을 꿇고 말았어요. 그러나 왕건은 신검이 다른 이의 협박을 받아서 그런 짓을 벌였다고 하자 목숨은 살려 주었어요.

그 후 견훤은 화병으로 등에 커다란 부스럼이 생겨 세상을 떠났어요. 그렇게 후백제는 45년 만에 막을 내리고 말았지요. 한때는 후백제의 왕으로 세상을 호령하며 누구보다 뜨거운 야망을 품고 있었던 견훤. 그러나 정작 그에게 비수를 꽂은 것은 다름 아닌 아들들이었어요.

신라의 첫 임금

박혁거세

옛날 서라벌에는 여섯 마을이 있었어요. 양산 마을, 고허 마을, 진지 마을, 대수 마을, 가리 마을, 고야 마을 이렇게 총 여섯 군데였지요. 여섯 마을에는 각각 마을을 대표하는 촌장이 있었어요. 촌장들은 마을에 중요한 일이 있을 때마다 알천 언덕에 모여 회의를 하고는 했어요.

그러던 어느 날이었어요. 여섯 마을의 촌장들이 알천 언덕에 모였어요. 촌장들은 그전부터 자신들을 통솔하고 이끌어 줄 임금이 없다는 사실을 안타깝게 여기고 있었어요. 그래서 회의를 열어 임금을 모시기로 한 거예요.

"덕이 많은 사람을 찾아 임금으로 모십시다."

"그거야 좋지만, 어디 그런 사람을 쉽게 찾을 수 있을지……."

촌장들은 한참 동안 의견을 나누었지만 누구를 임금으로 삼아야 할지 좀처럼 결정할 수 없었어요.

그러던 어느 날이었어요. 고허 마을의 촌장 소벌도리는 길을 가던 중 우연히 이상한 광경을 보게 되었어요. 양산 기슭의 우물가에서 환한 빛이 뿜어져 나오고 있었던 거예요.

"저게 웬 빛이람?"

소벌도리는 우물가로 달려가 보았어요. 그러자 신기하게도 눈처럼 새하얀 말이 "히히힝!" 울며 빛을 향해 절을 하고 있는 것이었어요. 깜짝 놀란 소벌도리는 급히 다른 촌장들을 불러 모았어요. 새하얀 말을 본 촌장들은 모두 입을 떡 벌리며 놀랐어요.

"말이 절을 하다니, 이게 무슨 일인가?"

촌장들은 좀 더 가까이 가 보았어요. 사람들을 본 말은 그대로 하늘로 솟구쳐 오르더니 흔적도 없이 사라져 버렸어요.

"내가 꿈을 꾸고 있나?"

촌장들은 자신의 눈앞에 펼쳐진 광경을 도무지 믿을 수 없었어요. 혹시나 꿈은 아닐까 싶어 제 몸을 세게 꼬집어 보기도 했지요.

말은 사라졌지만 우물가에서는 계속 빛이 새어 나오고 있었어요. 촌장들은 심호흡을 한 뒤 말이 절을 하던 곳으로 가까이 다가갔어요. 말이 꿇어 앉아 있던 바로 그곳에 무언가 빛나는

한국의 로마,
국립 공원 경주

경북 경주는 고대 국가 신라의 천년 도읍이었던 곳이라 도시 곳곳에 유적이 남아 있어요. 그래서 1968년에는 도시 전체가 하나의 국립 공원으로 지정되었어요. 우리가 잘 알고 있는 불국사, 석굴암, 첨성대, 다보탑, 석가탑 등 경주 안에는 국보가 31개, 보물이 82개, 사적 및 명승이 78개로 총 212개의 국가지정문화재가 있지요. 한 마디로 서양에 로마가 있다면 한국에는 그 명성에 맞먹는 경주가 있는 셈이에요.

것이 보였어요. 자세히 보니 그것은 커다란 알이었어요.

"세상에, 이게 웬 알이란 말이오?"

촌장들은 깜짝 놀라 서로의 얼굴을 마주보았어요.

"자, 모두들 진정하시오."

소벌도리는 촌장들을 진정시킨 뒤 알을 향해 조심스럽게 손을 뻗었어요. 그때였어요. 알이 쪼개지더니 웬 사내아이가 나타났어요. 이 아이를 본 주위의 새와 짐승들은 춤을 추며 반겨 주었지요.

촌장들은 아기를 냇가로 데려가 정성스럽게 몸을 씻겼어요. 목욕을 마친 아기의 몸에서는 번쩍번쩍 광이 나고 좋은 향기가 풍겼어요.

"이 아이의 성을 무어라 지으면 좋겠소?"

"박처럼 커다란 알에서 태어났으니 박씨라 합시다."

"그럼 이름은 무어라 부르지요?"

"세상을 밝게 비춘다는 뜻의 불구내는 어떻습니까?"

그리하여 아이의 이름은 박혁거세가 되었어요. 혁거세는 불구내를 한자로 쓴 '밝을 혁'이라는 글자에, 거서간이라는 말

경주 안압지 … 신라 문무왕 때 만들어진 인공 연못이에요. 오랜 세월 동안 신라의 수도였던 경주에는 이 같은 유적이 많이 남아 있어서 도시 자체를 국립 공원으로 지정했어요.

을 붙여 만든 이름이에요. 거서간은 귀인 혹은 왕을 뜻하는 말이라고 해요.

소벌도리는 박혁거세를 집으로 데려가 정성스럽게 키웠어요. 박혁거세는 총명하고 영리했으며, 행동거지 하나하나가 모두 바르고 곧았어요.

"박혁거세는 분명 하늘이 우리에게 보내 주신 임금님이오."

촌장들은 알에서 태어난 박혁거세를 하늘이 내려 준 사람이라 믿고 우러러보았어요. 그리고 자신들을 다스려 줄 왕으로 박혁거세를 모시기로 했지요.

박혁거세는 여섯 마을을 합치고 서라벌이라는 나라를 세워 왕이 되었어요. 훗날 서라벌의 이름이 신라로 바뀌니, 신라의 시조는 곧 박혁거세라 할 수 있어요.

그 무렵 알영이라는 우물에서 신기한 일이 벌어졌어요. 하늘에서 용이 한 마리 내려오더니 오른편 옆구리로 여자아이를 낳고 그대로 사라져 버린 거예요. 우연히 이 모습을 본 한 할머니가 급히 우물가로 달려갔어요.

우물가에는 볼이 장밋빛으로 발그레한 귀여운 여자아이가 놓여 있었어요. 할머니의 입에서 저절로 탄성이 흘러나왔어요.

"아이고, 세상에! 참으로 귀여운 아이구먼."

할머니는 여자아이를 안아 주다 말고 깜짝 놀랐어요. 아이의 입이 뾰족하게 튀어나온 것이 꼭 닭의 부리 같았던 거예요.

"이 부리만 없다면 정말 예쁠 텐데……."

할머니는 안타까운 얼굴로 중얼거렸어요. 그러고는 아이를 월성 북쪽의 냇가로 데려가 씻겨 주었어요. 그러자 아이의 부리가 뚝 떨어져 나갔어요. 부리가 사라진 아이의 얼굴은 훨씬 예뻤어요.

할머니는 여자아이를 우물의 이름을 따 알영이라 불렀어

요. 알영은 얼굴도 아름답고 마음씨도 아주 고운 처녀로 자랐어요.

"그 이야기 들었어? 알영이라는 처녀가 있는데 얼굴도 예쁘고 마음씨도 비단결 같대."

"아, 그 우물에서 태어난 처녀 말이지?"

알영의 소문은 어느덧 온 나라에 퍼졌어요. 소문을 들은 박혁거세는 알영을 궁궐로 불러들였어요. 박혁거세가 알영을 보니 정말이지 소문대로 아름답고 어진 아가씨였어요. 얼마 후 박혁거세는 알영을 왕비로 맞이했어요.

박혁거세가 왕이 된 지 어언 30년이 지났을 무렵이에요. 박혁거세는 당시 서라벌이라는 이름의 신라를 평화롭게 다스리는 데 힘을 쏟았어요.

그러던 어느 날, 낙랑의 군사들이 쳐들어왔어요. 군사들은 당시 서라벌의 모습을 보고 깜짝 놀랐어요. 서라벌 사람들은 밤에도 문을 잠그지 않았으며, 들에는 곡식이 한가득 쌓여 있었기 때문이에요.

낙랑의 군사들이 감탄하며 말했어요.

"서라벌 백성들은 서로를 믿으며 도둑질을 하지 않는구나. 이렇게 착한 사람들을 몰래 공격하려 하다니, 참으로 부끄럽구나."

낙랑의 군사들은 그냥 되돌아갔어요. 박혁거세가 나라를

뱀이 나타난 오릉

오릉은 경주에 남아 있는 신라 초기의 능을 말해요. 박혁거세와 알영 부인, 제2대 남해왕과 제3대 유리왕 그리고 제5대 파사왕 등 다섯 사람의 능이 모여 있어서 오릉이란 이름이 붙은 것이에요. 또한 '뱀 사자'를 써서 사릉이라고도 해요. 박혁거세가 죽고 그의 몸이 다섯 조각으로 나뉘어 땅에 떨어지자 사람들은 이를 합하려고 했지만 뱀이 나타나 방해를 했대요. 사릉은 이 이야기에서 유래한 말이에요.

잘 다스린 덕분에 적군이 스스로 물러난 거예요.

한번은 이런 일도 있었어요. 박혁거세는 서라벌의 신하였던 호공이라는 사람을 마한에 보내어 인사를 전하게 했어요. 마한의 왕은 버럭 화를 내며 호공을 꾸짖었어요.

"어찌하여 공물을 보내지 않느냐? 그것이 그쪽 왕의 예절이냐?"

마한의 왕은 자기 나라가 더 크다고 믿었기 때문에 서라벌에게 공물을 받아야 한다고 생각하고 있었어요. 그러자 호공이 고개를 숙이며 아뢰었어요.

"하늘이 우리에게 신성한 왕과 왕비님을 내려 주셔서, 나라는 평화롭고 백성들은 서로를 공경하며 삽니다. 이웃 나라와 부족들 모두 우리나라를 부러워하지요. 그런데도 우리 임금께서는 겸손하시어 이렇게 저를 보내 인사드리게 하지 않았습니까? 그런데 저를 보자마자 이리도 성을 내시는 이유는 도대체 무엇입니까?"

호공의 말에 마한의 왕은 화가 머리끝까지 치솟았어요. 당장 호공을 죽이라며 펄쩍 뛰었지만 마한의 신하들이 말려 호공은 간신히 서라벌로 돌아올 수 있었어요.

경주 오릉 … 경주에 있는 사적 제172호로 정식 명칭은 신라 오릉이에요. 신라 초기 왕과 부인의 무덤으로, 그 높이가 10미터, 지름이 20미터나 된다고 해요.

이듬해 마한의 왕이 세상을 떠났어요. 이 소식을 들은 신하가 박혁거세에게 말했어요.

"임금님, 마한의 왕은 예전에 호공을 모욕한 적이 있습니다. 이는 곧 우리나라를 우습게 본 것이 아닙니까? 왕이 죽었으니 이 틈을 타서 마한을 공격하시지요."

그러나 박혁거세는 이렇게 말했어요.

"다른 사람의 불행을 우리의 행복으로 여겨서야 되겠느냐? 그것은 어질지 못한 이들이나 하는 짓이다."

말을 마친 박혁거세는 마한으로 사신을 보내어 위로해 주었어요. 신하들은 박혁거세의 넓은 마음에 다시금 감탄했어요.

박혁거세는 61년간 나라를 다스리고 세상을 떠났어요.

삼국을 통일한 신라의 임금

문무왕

신라 제30대 문무왕은 태종 무열왕과 문명 왕후의 아들이에요. 태종 무열왕의 이름은 김춘추로, 신라 제25대 왕인 진지왕의 손자였어요. 어머니 문명 왕후는 김유신 장군의 누이동생인 문희였지요.

문무왕은 훤칠한 용모를 지녔으며 지혜롭고 총명했어요. 일찍이 아버지 태종 무열왕이 왕위에 오르기 전부터 아버지와 함께 당나라에 사신으로 다녀오기도 했어요. 훗날 태자로 임명된 뒤에는 아버지를 도와 나랏일을 거들었으며, 김유신 장군과 함께 5만 명의 군사를 이끌고 전쟁에 나가 백제를 멸망시키는 데 큰 공을 세웠어요.

태종 무열왕은 신라가 백제를 멸망시킨 지 얼마 지나지 않아 세상을 떠났어요. 아버지의 뒤를 이어 왕이 된 문무왕에게는 해결해야 할 문제들이 산더미처럼 쌓여 있었어요.

백제의 역사는 이미 막을 내렸다지만, 백제를 부흥시키기 위한 운동이 여전히 곳곳에서 벌어지고 있었어요. 게다가 아직 고구려가 건재하고 있었어요. 삼국 통일을 하기 위해서는 백제뿐만 아니라 고구려도 물리쳐야만 했지요.

어디 그뿐인가요? 점점 신라를 압박하고 있는 당나라의 군사들도 내쫓아야만 했어요. 이 모든 것이 문무왕의 몫으로 남겨졌어요.

문무왕은 왕위에 오르자마자 바쁜 나날을 보냈어요. 김유신을 비롯한 여러 장군들과 함께 백제의 부흥군도 물리쳤지요.

"삼국 통일을 위해서는 고구려를 꺾어야만 한다."

문무왕은 고구려를 무찌르리라 굳은 다짐을 했어요. 마침 그 무렵 고구려는 매우 혼란스러운 상태였어요. 연개소문은 죽고 그의 아들들이 남아 서로 권력 다툼을 벌이느라 정신이 없었지요. 문무왕은 지금이야말로 고구려를 칠 절호의 기회라고 생각했어요.

전쟁 준비를 마친 문무왕은 김유신과 함께 군사를 이끌고 고구려에 쳐들어갔어요. 당나라의 군사들 또한 신라와 함께했지요. 가뜩이나 어지러운 나라 사정에, 힘까지 약해져 있던 고구려는 결국 그렇게 멸망하고 말았어요. 고구려 700년 역사는 이렇게 막을 내렸지요.

"백제에 이어 고구려까지! 만세! 모두 꺾었다!"

신라의 군사들은 기쁨에 가득 차 환호성을 질렀어요. 드디어 삼국 통일의 꿈이 이루어진 거예요. 하지만 문무왕에게는 아직 해결해야 할 숙제가 남아 있었어요. 그것은 바로 신라에 압박을 가하는 당나라 세력을 내쫓는 것이었어요.

신라와 당나라의 연합군이 고구려의 평양성을 빼앗는 데 성공하자, 당나라는 고구려 땅에 눈독을 들이기 시작했어요.

"그동안 군사를 보태 주었으니 고구려 땅은 우리가 다스려야 하지 않겠소?"

당나라는 그렇게 주장하면서 고구려 땅을 차지하려고 했어요. 애초부터 신라의 싸움을 도와준 것은 바로 이런 속셈이 있었기 때문이에요. 문무왕은 그런 당나라를 그냥 보고 있을 수가 없었어요. 당나라는 예전에 신라를 도와 백제를 멸망시켰을 때에도 자신들이 백제를 다스려야 한다고 주장했어요. 애초에 당나라가 신라를 도와주었던 것 자체가 땅을 차지하기 위해서였어요.

'진정한 통일을 이루기 위해서는 당나라 군사들을 내쫓아야 한다.'

문무왕은 어떻게 하면 당나라 세력을 몰아낼 수 있을지 생각에 잠겼어요. 그러자 좋은 생각이 떠올랐어요. 고구려 사람들을 받아들이고 그들과 힘을 합쳐 당나라를 무찌르는 거예요. 그래서 문무왕은 일부러 고구려의 부흥 세력들을 지원해 주었지요.

"문무왕이 우리 당나라를 몰아내려 한다고?"

화가 난 당나라 황제는 672년 고간과 이근행이라는 장군에게 4만 명의 군사를 주어 평양으로 가게 했어요. 평양에 도착한 당나라 군사들은 황제의 명령대로 진을 쳤어요. 이윽고 지금의 예성강 어구인 백수성 부근에서 신라군과 당나라군의 싸움이 벌어졌어요. 치열한 전투는 신라군의 승리로 끝이 났지요.

"이제부터 신라의 왕은 문무왕의 동생인 김인문으로 명하는 바이다!"

당나라 황제는 일방적으로 김인문을 신라의 왕이라 선포했어요. 그러고는 유인궤라는 장군에게 군사를 주어 신라를 공격해 왔어요. 이번에는 신라의 군사들이 무릎 꿇고 말았어요.

'어쩔 수 없구나. 지금은 잠시 물러나야 할 때다.'

문무왕은 당나라의 비위를 맞추며 시간을 벌고, 그 사이에 군대를 정비해야겠다고 마음먹었어요. 비록 당나라가 제멋대

나당 전쟁

신라는 고구려와 백제를 물리치기 위해 당나라와 연합을 맺었어요. 이 연합을 나당 연합이라고 해요. 나당 연합을 통해 신라가 고구려와 백제를 물리치고 삼국을 통일하자 당나라는 태도를 바꿔 신라를 집어삼키려고 했어요. 신라는 이런 당나라에 맞서 전쟁을 벌였어요. 이 전쟁을 나당 전쟁이라고 불러요. 나당 전쟁은 670년부터 676년까지 6년 동안 벌어졌고, 결국 신라는 당나라를 물리친 뒤 삼국 통일을 온전히 이룰 수 있었어요.

감은사지 3층 석탑 … 국보 제112호로 지정된 감은사지 3층 석탑이에요. 감은사는 문무왕이 새 나라의 위엄을 세우고, 틈만 나면 동해로 쳐들어오던 왜구를 부처의 힘으로 막고자 하는 뜻을 담아 세운 절이에요.

로 선포한 것이지만 왕위 역시 되찾아야 했지요. 문무왕은 당나라에 사신을 보내어 공물을 바치고 잘못을 빌었어요.

"허허, 이렇게까지 나오니 내 그대를 용서하리라."

당나라 황제는 문무왕을 다시 왕으로 인정해 주었어요.

하지만 두 나라의 싸움은 여전히 끝나지 않았어요. 675년에는 설인귀라는 당나라 장수가 군사를 이끌고 또 신라를 쳐들어왔어요. 이에 문무왕은 문훈이라는 장군을 내보내 싸우게 했어요. 문훈의 지휘 아래 신라군은 적들의 머리를 거침없이 베어 나갔어요. 당나라 군사들의 배도 40척이나 빼앗아 버렸지요.

"이럴 수가, 일단 후퇴해야겠다!"

싸움에서 불리해진 설인귀는 군사들을 데리고 달아났어요. 그 결과 신라는 말을 천 필이나 얻게 되었어요. 이 전투에서 이긴 신라는 이제 바다 세력까지 장악하게 되었어요. 백제 땅에 있는 당나라 세력들도 거의 몰아 낸 뒤였지요.

상황이 이렇게 되자 당나라도 더 이상 전쟁을 끌고 가기 힘들어졌어요. 결국 당나라는 평양을 다스리는 것을 포기할 수밖에 없었지요. 문무왕이 왕위에 오르자마자 15년 동안 쉴 새 없이 치렀던 전쟁이 드디어 막을 내린 거예요.

이로써 문무왕은 당나라의 세력을 몰아내고 삼국 통일을 이룩한 왕이 되었어요. 삼국 통일의 기반은 문무왕의 아버지인 태종 무열왕 때부터 다져졌다 할 수 있어요. 그러나 이를 바탕

문무 대왕릉 ⋯ 대왕암이라고도 불리는 이 수중릉은 자연 바위를 이용하여 만든 것으로 그 안에 동서남북으로 인공 수로를 만들어서 물의 흐름을 조절해 수면을 항상 잔잔하게 만들었어요.

으로 삼국 통일을 직접 만들어 낸 것은 바로 문무왕이었지요. 문무왕이 열심히 노력하지 않았다면 삼국 통일은 이루어지지 않았을지도 몰라요.

"그동안 전쟁 때문에 고생했을 백성들을 이젠 정말 살기 좋게 해 주어야지."

삼국 통일을 이룬 문무왕은 나라의 체제를 정비하는 데 힘썼어요. 전쟁에서 열심히 싸운 사람들에게는 각기 알맞은 상과 벼슬을 내려 주었어요. 또한 세금과 부역을 덜어 백성들의 부담을 줄이도록 했지요. 이렇듯 나라의 안과 밖이 모두 안정되자 신라는 더욱 부강한 나라가 되었어요.

한편 죽음을 앞둔 문무왕은 신하들을 불러 다음과 같은 유언을 남겼어요.

"나는 어지러운 때에 태어나 전쟁을 자주 할 수밖에 없었소……."

신하들은 엄숙한 표정으로 문무왕의 마지막 말을 경청했어요. 문무왕의 말은 계속 이어졌어요.

"내가 죽고 열흘이 지나면 뜰의 창고 앞에서 불교 의식으로 화장해 주시오. 장례식은 아주 검소하게 치러야 하오. 세금은 필요할 때만 걷도록 하고, 불편한 것이 있다면 법을 고쳐 백성들에게 널리 알리시오. 그리고 내가 죽거든 동해에 장사 지내 주시오. 나는 죽어서도 신라를 지키는 용이 되어 왜구를 막겠소."

신하들은 동해에 솟은 큰 바위 위에 문무왕을 장사 지냈어요. 그 바위가 바로 오늘날 경상북도 경주시 양북면 바닷가에 있는 대왕암이에요.

문무왕이 세상을 떠나자 아들인 신문왕이 뒤를 이어 왕위에 올랐어요. 신문왕은 아버지 문무왕을 위해 대왕암 근처에 감은사라는 절을 지었어요.

무덤에도 신분이 있는 릉, 원, 묘

신분 제도가 철저했던 옛날에는 무덤 또한 묻힌 사람의 신분에 따라 붙이는 말이 달랐어요. 먼저 능이 붙은 무덤은 왕이나 그의 부인인 왕후가 묻힌 무덤이에요. 무덤 이름 뒤에 릉이 붙어 있으면 그 무덤이 왕이나 왕후의 무덤이라는 것을 단박에 알 수 있는 것이지요. 원이 붙는 무덤도 있어요. 이것은 왕세자나 왕세자빈이 묻힌 무덤을 말해요. 왕세자와 왕세자빈은 다음 왕위를 이을 사람인데, 잇지 못하고 죽을 경우 무덤 이름 끝에 원을 붙였어요. 하지만 이들은 많지 않기 때문에 원이 붙은 무덤 또한 많지 않아요. 묘는 왕자와 공주를 포함한 양반이 묻힌 무덤 끝에 붙는 말이에요. 무덤의 이름만 봐도 당시 신분 제도가 얼마나 철저했는지 한눈에 알 수 있는 것이지요.

평강 공주

고구려 제25대 평원왕에게는 평강 공주라는 딸이 있었어요. 평원왕은 지혜롭고 어진 공주를 무척이나 아꼈어요. 그런데 평강 공주에게 한 가지 문제가 있었어요. 그것은 바로 엄청난 울보라는 것이었지요.

"으아앙!"

그날도 평강 공주는 눈물을 뚝뚝 흘리며 울고 있었어요. 아버지인 평원왕이 아무리 달래 보아도 소용이 없었지요. 평원왕은 지끈거리는 머리를 감싸며 말했어요.

"네가 우는 소리에 시끄러워서 견딜 수가 없구나. 계속 울면 바보 온달에게 시집보낸다!"

그 후로 평원왕은 공주가 울 때마다 바보 온달에게 시집보낸다는 말을 했어요.

온달은 고구려의 어느 마을에 사는 청년이었어요. 험악하고 우스꽝스럽게 생겼지만 마음씨만은 아주 곱고 착했지요.

온달의 집은 무척이나 가난해서 입에 풀칠을 하기 어려울 정도였어요. 그래서 온달은 매일 마을 사람들에게 밥을 빌어 어머니를 모시고 있었지요. 다 해진 옷과 신발을 신고 마을을 돌아다니는 모습에, 사람들은 그를 바보 온달이라고 불렀어요.

바보 온달의 소문은 이미 대궐 안까지 퍼져 있었어요. 그래서 평원왕은 공주가 울면 바보 온달에게 시집보낸다고 겁을 준 거예요.

어느덧 세월이 흘러 평강 공주가 열여섯 살이 되었어요. 평원왕은 공주의 남편으로 누구를 맞으면 좋을지 신중하게 골랐어요. 마침 상부 고씨라는 사람이 참으로 괜찮아 보였어요.

"공주야, 너도 이제 시집갈 나이가 되었구나. 상부 고씨와 혼인하는 것이 어떻겠느냐?"

평원왕은 공주도 좋아하리라 생각했어요. 그러나 평강 공주는 고개를 도리도리 젓더니 이렇게 말하는 것이었어요.

"아버님, 어찌하여 고씨와 혼인하라 하시나요? 저를 온달에게 시집보낸다고 하셨잖아요!"

평원왕은 생각지도 못한 공주의 대답에 깜짝 놀랐어요.

"공주야, 그게 무슨 소리더냐? 그건 그저 네가 울기에 달래려고 한 말이란다."

"아니에요, 아버님."

평강 공주가 말했어요.

"일반 백성들도 자신이 내뱉은 말은 꼭 지켜야 하는 법입니다. 그런데 어찌 한 나라의 임금께서 이제 와 말씀을 바꾸려 하시나요? 예로부터 임금은 농담을 하지 않는다 하였습니다. 그러니 저는 상부 고씨와 혼인하지 않겠어요."

평강 공주의 표정은 아주 단호했어요.

"공주야, 어릴 때는 그토록 울어서 애를 먹이더니 이제는 엉뚱한 생각으로 아비를 힘들게 하는 것이냐?"

평원왕은 공주의 마음을 돌리려 했어요. 그러나 평강 공주는 좀처럼 제 뜻을 굽히지 않았어요. 참다못한 평원왕은 화가 머리끝까지 나서 소리를 질렀어요.

"그럼 너는 정말 바보 온달에게 시집을 가겠다는 것이냐?"

그러자 평강 공주가 대답했어요.

"예, 아버님께서는 항상 제게 온달의 아내가 되리라 하지 않으셨습니까?"

"네가 정녕 내 말을 듣지 않으려는 모양이로구나! 그래, 궁궐을 나가서 어디 네 마음대로 해 보거라! 너는 이제 내 딸이 아니다!"

결국 평강 공주는 궁에서 내쫓기는 신세가 되었어요. 공주의 어머니는 보물 팔찌가 가득 든 주머니를 딸의 품에 넣어 주며 눈물을 훔쳤어요.

"부디 몸 상하지 말고 잘 지내야 한다."

"예, 어머님. 너무 걱정하지 마세요."

궁궐을 나온 평강 공주는 온달의 집으로 찾아가리라 마음먹었어요.

"저기, 혹시 온달이라는 사람의 집을 아십니까?"

"바보 온달 말이지요? 그야 당연히 알지요."

평강 공주는 사람들에게 물어 온달의 집을 찾아갔어요. 온달에 대한 소문은 이미 꽤 퍼져 있었기에 집을 찾는 것은 그리 어렵지 않았어요.

잠시 후 평강 공주는 온달의 집에 도착했어요. 방 안에 온달은 없고 늙은 할머니가 혼자 누워 있었어요. 그 할머니는 바로 온달의 어머니였지요.

"거기 누구요?"

눈이 먼 온달의 어머니는 공주의 기척을 느끼고 깜짝 놀라 물었어요. 평강 공주는 온달의 어머니에게 공손히 절을 올렸어요. 그러고는 온달 어머니의 손을 따스하게 감싸 쥐었어요.

온달의 어머니가 말했어요.

"아가씨 몸에서 향기가 나고 손은 이리도 부드러우니 분명 귀한 분이시군요. 그래, 우리 집에는 무슨 일로 왔소?"

"저는 온달 님의 배필이 되기 위해 왔습니다. 온달 님은 지

금 어디 계신지요?"

평강 공주의 말에 온달의 어머니가 깜짝 놀라며 대답했어요.

"아니, 이렇게 귀한 분이 가난하고 보잘것없는 우리 아들의 배필이 되겠다니요! 누구의 꼬임에 빠진 게 틀림없소. 당장 돌아가시오."

"아닙니다. 저는 제 뜻으로 온달 님을 만나러 온 것입니다."

그러자 온달의 어머니가 한숨을 내쉬며 말했어요.

"우리 아들은 먹을 것이 없어 느릅나무 껍질을 벗기러 산에 갔습니다. 언제 올 지도 모르니 그냥 돌아가시오."

"그럼 제가 직접 가서 만나지요."

평강 공주는 벌떡 일어났어요. 그러고는 온달이 느릅나무 껍질을 벗기러 갔다는 산으로 곧장 향했어요. 평강 공주가 산 밑에 다다랐을 때였어요. 저 멀리서 누군가 느릅나무 껍질을 한 아름 짊어진 채 걸어오고 있었어요.

'아, 저분이 바로 온달 님이구나.'

평강 공주는 온달에게 다가갔어요. 온달은 갑자기 자신을 향해 다가오는 여인을 수상한 눈초리로 바라보며 물었어요.

"누구요? 나한테 무슨 볼일이라도 있소?"

"온달 님, 저는 온달 님의 배필이 되기 위해 왔습니다."

그러자 온달이 버럭 화를 내며 소리쳤어요.

"너는 필시 사람이 아니구나! 그래, 여우냐? 아니면 귀신이냐? 어찌하여 나를 놀리려 드는 게냐!"

"아닙니다, 온달 님. 저는 진짜 사람이에요."

평강 공주는 억울한 목소리로 외쳤어요. 그러나 온달은 뒤도 돌아보지 않은 채 그대로 집으로 돌아가 버렸어요. 평강 공주가 온달을 뒤따라갔지만 문도 열어 주지 않았지요. 결국 평강 공주는 문 밖에서 오들오들 떨며 밤을 지새워야 했어요.

다음 날 아침이 되자마자 평강 공주는 다시 문을 두드리며 말했어요.

"온달 님, 제가 다 말씀드릴 테니 제발 이 문 좀 열어 주세요."

온달은 잠시 고민하더니 문을 열어 공주를 들어오게 해 주었어요. 평강 공주는 그동안 있었던 일을 자세히 털어놓았어요.

"……그리하여 저는 온달 님의 배필이 되기 위해 찾아온 것입니다."

평강 공주는 이야기를 마쳤어요. 묵묵히 공주의 이야기를 듣던 온달과 그의 어머니는 고개를 저으며 입을 열었어요.

"아무리 그래도 공주님처럼 귀한 분이 어찌 우리같이 누추한 사람들을 가까이할 수 있겠습니까?"

"아닙니다. 옛말에 한 말의 곡식도 방아를 찧을 수 있고, 한 자인 베도 얼마든지 꿰맬 수 있다 했습니다. 서로 마음만 맞는다면 부귀영화 따위는 아무래도 좋습니다."

평강 공주의 단호함에 결국 온달과 그의 어머니는 공주의 뜻을 받아들였어요. 평강 공주는 궁에서 가져온 금팔찌를 팔아 밭도 사고, 집도 다시 짓고, 살림살이를 마련했어요. 그리고 온달에게 말을 사 오라며 돈도 주었어요.

"서방님, 시장에서 파는 것 말고, 꼭 나라에서 파는 말을 사오셔야 해요. 병들고 비쩍 말라빠진 말로 골라 오세요."

온달은 평강 공주의 말대로 볼품없는 말을 사 왔어요. 그날부터 평강 공주는 여물을 먹여 가며 부지런히 말을 키웠어요. 말은 어느덧 토실토실 살이 오르고 몸도 아주 단단해졌어요.

고구려 사람들은 해마다 3월 3일이 되면 낙랑 언덕에서 사냥을 하고, 잡은 동물로 하늘과 산천의 신에게 제사를 지내고는 했어요.

어느덧 3월 3일이 다가왔어요. 평원왕은 신하들과 군사들을 이끌고 낙랑 언덕에 나가 사냥을 했어요. 온달 역시 자신의 말을 타고 나와 열심히 달렸어요. 온달은 누구보다 빠르게 달렸으며 동물도 많이 잡아왔어요.

"허허, 참으로 훌륭하도다. 네 이름이 무엇이냐?"

평원왕은 흐뭇한 얼굴로 물었어요.

"온달이옵니다."

"온달이라, 참으로 신기하군."

평원왕은 고개를 갸웃거리며 중얼거렸어요.

그러던 어느 날이었어요. 후주의 무제가 고구려를 쳐들어왔어요. 평원왕은 직접 군사들을 이끌고 나가 적군과 싸웠어요. 이때 온달은 맨 앞에 나서서 용맹하게 적군들을 무찔렀어요. 사기가 드높아진 고구려군은 싸움에서 큰 승리를 거두었지요.

"이번 전쟁에서는 온달의 공이 가장 컸소."

평원왕은 상을 내리기 위해 온달을 궁궐로 불렀어요.

"그대의 이름이 온달이라니, 우리 공주가 생각나는군. 그 아이도 온달이라는 자에게 시집을 가겠다며 궁을 떠나 버렸다네."

온달 산성과 아차 산성

온달 산성은 충북 단양군에 있는 돌로 쌓은 산성이에요. 이 산성이 온달 산성이라고 불리게 된 것은 『삼국사기』속 온달 열전에 온달이 이곳에 성을 쌓다가 신라군의 침입을 받아 전사했다는 기록이 남아 있기 때문이에요. 하지만 온달의 마지막에 관한 이야기는 이것 말고도 전해지는 게 또 하나 있어요. 바로 서울 아차산에 있는 아차 산성에서 신라의 장군에 맞서 싸우다 전사했다는 이야기이지요.

하늘에서 내려다 본 온달 산성 … 고구려 평원왕 때 신라가 쳐들어오자 온달은 신라에 맞서 돌로 이 성을 쌓은 뒤 용맹하게 싸우다가 전사했다는 이야기가 전해 오고 있어요.

"임금님, 제가 평강 공주님과 결혼한 그 온달입니다."

평원왕이 깜짝 놀라 소리쳤어요.

"아니, 그럼 자네가 바로 나의 사위란 말인가!"

평원왕은 기뻐하며 온달에게 큰 벼슬을 내린 뒤 그를 몹시 아껴 주었어요.

평원왕이 세상을 떠난 뒤 고구려는 제26대 영양왕이 다스리게 되었어요. 온달은 영양왕을 찾아가 신라를 물리칠 터이니 군사를 내어 달라고 요청했어요. 영양왕은 기꺼이 온달의 청을 들어 주었어요.

"계립현과 죽령 서쪽의 땅을 되찾기 전에는 결코 돌아오지 않을 것이다!"

온달은 군사들을 이끌고 신라군과 치열한 전투를 벌였어요. 그러나 이를 어쩌면 좋을까요? 온달은 그만 적군이 쏜 화살을 맞고 숨을 거두고 말았어요.

사람들은 슬퍼하며 고구려로 돌아가 온달을 장사 지내려 했

온달 장군과 평강 공주 동상 … 아차산 입구에 있는 온달 장군과 평강 공주의 동상이에요. 아차산은 서울과 경기도 구리에 걸쳐 있는 산으로 온달과 평강의 전설이 내려오는 산이에요.

어요. 그런데 참으로 이상한 일이지요. 온달의 상여가 꼼짝도 하지 않는 것이었어요.

소식을 들은 평강 공주가 달려왔어요. 공주는 흐느껴 울며 관을 어루만졌어요.

"서방님, 죽고 사는 것은 이미 결정되었답니다. 그러니 이제 그만 편히 떠나시옵소서."

공주의 말이 전해진 것일까요? 신기하게도 상여가 다시 움

아차 산성 ··· 삼국 시대 때 만들어진 아차 산성이 있던 흔적이에요. 백제 초기의 전략적 요충지였던 이 산성은 훗날 신라 와 고구려의 한강 유역 쟁탈전 때 싸움터가 되기도 한 삼국 시대의 중요한 요새였어요.

직이기 시작했어요. 그제서야 사람들은 온달을 무사히 장사
지낼 수 있었지요.

　"죽어서도 나라를 지키겠다는 맹세를 잊지 않다니…. 진정
한 충신이로다!"

　온달의 죽음에 영양왕도 몹시 슬퍼했어요.

지혜로 100만 대군을 물리친 장수

을지문덕

을지문덕은 살수대첩으로 유명한 고구려의 장군이에요. 지혜롭고 용맹하며 무예도 아주 뛰어났지요. 뿐만 아니라 시를 짓는 재주도 탁월했어요.

고구려 제26대 영양왕 시절의 일이에요. 그 무렵 수나라의 양제는 고구려를 치기 위해 기회만 엿보고 있었어요.

"보잘것없는 고구려가 우리 수나라에게 예의를 지키지 않으니, 내 어찌 두고 보고만 있겠는가?"

양제는 100만 명이 훌쩍 넘는 대군을 동원해 고구려의 요동성을 공격할 계획을 세웠어요. 수나라가 쳐들어온다는 소식에 고구려 조정은 혼란스러워졌어요.

"수나라 군대가 아무리 엄청나다 한들, 그대로 당하고만 있을 수는 없소. 수나라를 물리치고 우리 고구려의 위상을 보여 주어야 하오."

그러나 신하들은 영양왕의 말에 조심스럽게 반대하고 나섰어요.

"임금님, 우리 군사 수가 수나라에 비해 턱없이 적습니다. 이는 질 것이 훤히 내다보이는 싸움입니다. 차라리 수나라가 원하는 대로 신하의 예를 갖추는 것이 나을 듯싶습니다."

"소신의 생각도 그러합니다."

영양왕은 실망을 감추지 못했어요. 비록 수나라가 대군을 이끌고 쳐들어온다 하나 어떻게든 그들을 꺾어 고구려의 위상을 드높이고 싶었지요. 그때였어요. 한 장수가 앞으로 나와 입을 열었어요.

"수나라에게 무릎을 꿇겠다니, 임금님! 이는 있을 수 없는 일이옵니다. 소신은 죽는 한이 있어도 수나라 군과 맞서 싸워야 한다고 생각합니다."

늠름한 풍채의 이 장수는 바로 을지문덕이었어요. 영양왕은 을지문덕의 대답에 고개를 끄덕이며 몹시 기뻐했어요. 그리고 을지문덕을 대장군으로 임명하여 전쟁을 준비하게 했어요.

마침내 612년, 수나라의 대군이 고구려를 쳐들어왔어요. 수나라 군사들은 그 수가 무려 113만 명에 달했어요. 군사들이 먹을 식량을 운반하는 사람 수만 해도 어마어마했지요.

"을지문덕 장군, 이제 그대가 힘써 줄 차례요."

"목숨을 다하여 싸우겠습니다."

을지문덕은 군사를 이끌고 전쟁터로 나섰어요. 수나라 군사들은 곳곳에서 고구려를 압박해 오기 시작했어요. 이에 을지문덕은 부대를 셋으로 나누어 방어하도록 했어요.

요수 서쪽에 다다른 수나라의 수군들은 배를 타고 강을 건너가려고 했어요. 그러나 을지문덕 장군이 미리 배치해 놓은 고구려 군사들의 화살에 목숨을 잃고 말았지요. 수나라 수군의 요동성 정벌 계획은 이렇게 실패로 돌아갔어요.

"그렇다면 평양성을 공격하도록 하자!"

수나라의 수군을 이끄는 장군은 내호아라는 사람이었어요. 수나라 수군들은 내호아의 지휘 아래 평양성으로 방향을 돌렸어요.

"그렇다면 우리는 후퇴 작전으로 맞설 것이다."

고구려 군사들은 일부러 달아

을지문덕 초상화 … 수나라와 벌인 살수대첩에서 뛰어난 계략으로 고구려가 승리하게 만든 을지문덕 장군이예요.

나는 척하며 수나라 군을 유인했어요. 그리고 미리 숨겨 둔 군사들로 일제히 공격을 퍼부었지요. 갑작스러운 공격에 당황한 수나라의 수군은 허둥지둥하다가 차례차례 쓰러지고 말았어요.

"내가 고구려를 너무 얕보았구나!"

내호아는 남은 군사들을 이끌고 서해로 도망쳤어요. 비록 자신은 졌지만 다른 곳에 있는 군사들이 고구려를 가뿐하게 이길 거라 생각하면서 말이에요.

한편 양제는 육군 중 한 부대를 이끌고 직접 고구려의 요동성을 쳐들어갔어요. 그러나 고구려 군사들의 방어가 생각보다 견고하여 좀처럼 뚫리지 않았어요. 초조해진 양제는 30만 명의 군사들로 별동대를 꾸렸어요. 그리고 이 별동대로 평양성을 공격할 계획을 세웠어요.

을지문덕은 이런 수나라의 계획을 훤히 눈치 채고 있었어요. 그래서 수나라 군대를 이끄는 장군 우문술에게 거짓 항복을 했어요. 항복하는 척하며 수나라 진영에 가서 적의 사정을 살피려는 계획이었지요.

이를 알 리 없는 우문술은 을지문덕의 뜻을 받아들였어요. 안 그래도 양제로부터 이런 비밀 명령이 내려와 있었기 때문이에요.

'고구려의 왕이나 을지문덕이 찾아오거든 꼭 사로잡아야만

한다.'

잠시 후 을지문덕이 홀로 우문술의 진영에 나타났어요.

'바로 지금이오!'

우문술과 우중문 장군은 을지문덕을 환영하는 척하며 서로 눈빛을 교환했어요. 그런데 유사룡이라는 수나라의 신하가 갑자기 반대하고 나섰어요.

"을지문덕을 잡는다고 전쟁에서 이기는 것은 아닙니다. 항복하러 온 적장을 가두다니, 그것은 비겁한 자들이나 하는 짓입니다."

유사룡의 설득에 우문술과 우중문은 을지문덕을 잡겠다는 계획을 포기했어요. 그리하여 을지문덕은 무사히 고구려 진영으로 다시 돌아올 수 있었지요.

"거 참, 을지문덕을 그대로 보낸 게 잘한 짓인지……."

우문술과 우중문은 을지문덕을 일단 돌려보냈지만, 이게 잘한 일인지 아닌지 확신이 없었어요. 곰곰히 생각을 해 보던 중 우문술과 우중문의 얼굴이 새하얗게 질리기 시작했어요. 을지문덕의 속셈을 뒤늦게야 알아챈 거예요. 뿐만 아니라 양제의 비밀 명령까지 어겨 버린 셈이었으니, 어찌할 줄을 몰랐지요. 당황한 이들은 재빨리 을지문덕에게 사람을 보냈어요.

"다시 상의할 일이 있으니 급히 와 달라 하십니다."

을지문덕은 두 장수의 속을 이미 꿰뚫어 보고 있었어요. 그래서 뒤도 돌아보지 않은 채 그대로 고구려 진영으로 와 버렸어요.

우문술과 우중문은 크게 낙담하고 말았어요.

"을지문덕에게 꼼짝없이 당했소. 차라리 잠시 후퇴하는 것이 어떻소? 군사들의 식량도 점점 떨어지고 있으니 더 이상 버티기 힘들 것이오."

우문술의 말에 우중문이 버럭 화를 내며 말했어요.

"지금 우리가 이끄는 군사가 무려 10만 명이오! 그런데 고작 고구려 군사 따위를 처부수지 못한다면 무슨 낯으로 황제를 뵌다는 말이오?"

결국 우문술은 어쩔 수 없이 군사들을 이끌고 압록강을 건넜어요. 고구려 군사들은 수나라 군사들과 조금 싸우더니 이내 슬금슬금 달아났어요. 수나라 군사들이 뒤를 쫓아오면 조금 싸우다가 또 도망쳐 버렸지요.

물론 이것은 을지문덕의 작전이었어요. 을지문덕은 수나라 군사들이 잔뜩 지쳐 있다는 것을 알고 일부러 이런 명령을 내린 거예요. 그리하여 하루에 일곱 번을 싸우면 일곱 번 모두

한국사의 3대첩

유독 외세의 침입이 많았던 우리 역사 속에서 쳐들어온 세력에 맞서 아주 크게 이긴 싸움을 대첩이라고 불러요. 이렇게 크게 이긴 싸움이 세 번 있는데, 우리는 이것을 3대첩이라고 해요. 그 중 하나가 수나라를 물리친 을지문덕 장군의 살수대첩이에요. 두 번째는 고려 때 강감찬 장군이 거란의 침입에 맞서 귀주에서 싸워 크게 이긴 귀주대첩이에요. 그리고 조선 때 있었던 한산대첩은 이순신 장군이 왜의 침입을 한산도 앞바다에서 크게 물리친 싸움을 말해요.

수나라가 승리했어요. 의기양양해진 수나라 군사들은 도망치는 고구려 군사들을 쫓아 평양성 30리 밖에까지 이르게 되었어요.

그러자 을지문덕은 시를 한 수 지어 우문술에게 보냈어요.

신비로운 계책은 하늘의 흐름을 통달하고
묘한 꾀는 땅의 이치를 알았도다.
싸움에 이긴 공 이미 높으니
만족함을 알거든 이제 그치는 것이 어떠한지.

우문술은 시를 찬찬히 읽어 보았어요. 아무래도 수나라를 칭송하며 항복을 하겠다는 내용 같았어요. 마침 시를 가져온 을지문덕의 부하가 말했어요.

"이대로 군사를 거두어 돌아가시면 이후 왕을 모시고 가서 인사를 드리겠다고 하십니다."

"허허, 드디어 을지문덕이 항복을 하는구나!"

우문술은 매우 기뻐했어요. 안 그래도 지칠 대로 지친 수나라 군사들이 더 이상 싸우는 것은 무리라고 생각했기 때문이에요. 게다가 평양성은 워낙 견고한 곳이라 다시 군대를 정비한 뒤에 와야 될 것 같았지요.

우문술은 군사들을 이끌고 돌아가기 시작했어요. 그런데

을지문덕함 … 우리나라의 순수 기술로 설계하고 만든 삼천 톤급 두 번째 구축함이에요. 구축함이란 어뢰 등의 무기를 사용하여 적의 잠수함을 공격하는 작고 날쌘 군함을 말해요. 을지문덕함은 현재 우리나라 서해를 든든하게 지켜주고 있어요.

갑자기 사방에서 고구려 군사들이 공격해 오기 시작했어요.

당황한 수나라 군사들은 살수까지 겨우 도망쳤어요. 그러고는

정신없이 강물로 뛰어들어 달아나기 시작했어요.

그때였어요. 어디선가 '둥둥둥!'하는 북소리가 들려왔어요.

"이게 무슨 소리지?"

고개를 갸웃거리던 수나라 군사들은 소스라치게 놀랐어요.

글쎄, 엄청난 양의 강물이 자신들을 향해 '쏴아아아!'하고 무섭

게 쏟아져 내리고 있었던 거예요.

"으아악! 사람 살려!"

한산도 앞바다 ⋯ 한산대첩이 벌어졌던 곳으로, 이순신 장군은 학이 날개를 편 듯한 모양으로 치는 진인 학익진을 이용해 왜군을 크게 무찔렀어요..

　　강물은 눈 깜짝할 사이에 수나라 군사들을 덮쳤어요. 수나라 군사들은 손도 써 보지 못한 채 그대로 강물에 떠밀려 내려가 버렸지요.

　　이 모든 것은 을지문덕의 계획이었어요. 을지문덕이 고구려의 군사들에게 미리 강둑을 막고 있도록 지시한 거예요. 그리고 북소리가 들리거든 일제히 강둑을 트라고 했지요.

　　어느덧 살수의 강은 아수라장이 되었어요. 간신히 살아남은 수나라 군사들은 허겁지겁 달아나 압록수에 도착했어요. 그러고는 깊은 탄식을 내뱉었지요. 30만 명에 달하던 군사가 겨우 2천7백 명밖에 남지 않은 거예요. 게다가 수나라 장군이었던 신세웅마저 화살을 맞고 세상을 떠나고 말았어요.

　이렇게 하여 을지문덕은 적은 수의 군사로 수나라 대군을 물리치는 데 성공했어요. 수나라는 이 전쟁에 너무 많은 것을 쏟아부었던 것일까요? 그 뒤로 국력이 점점 약해지더니 결국 멸망하고 말았어요.

　수나라의 대군과 맞서 싸우면서도 결코 겁내지 않았던 을지문덕! 그의 용맹함과 뛰어난 전략이 고구려를 지킨 거예요.

패했지만 위대한 장수

계백

백제는 의자왕의 방탕한 생활로 인해 힘이 많이 약해져 있었어요. 신라와 당나라는 이때를 틈타 백제를 쳐들어왔어요. 당나라군은 백강을, 신라군은 탄현을 넘은 뒤였지요. 꼭 지켜야만 하는 중요한 두 곳을 이미 빼앗겨 버린 거예요.

다급해진 의자왕은 계백 장군을 불러 적군을 물리쳐 줄 것을 부탁했어요.

"계백, 황산벌로 가 적군을 막아 주시오."

그러나 백제는 전쟁 준비도 제대로 되어 있지 않았어요. 그동안 의자왕이 나랏일을 소홀히 하고 매일같이 술만 마셨기 때문이에요. 이런 백제가 신라와 당나라 연합군을 무찌르고 위기에서 벗어난다는 것은 불가능한 일이었어요.

계백은 주먹을 불끈 쥐었어요. 이미 승패가 훤히 내다보이는 싸움이지만 백제를 위하여 기꺼이 목숨을 내놓고 싸우리라 다짐했지요.

'신하라면 나라를 위하여 목숨도 바칠 수 있어야 한다.'

계백은 그렇게 생각하며, 의자왕 앞에서 무릎을 꿇고 말했어요.

"소신, 온 힘을 다하여 적을 무찌르겠습니다."

의자왕 앞에서 물러난 계백은 용맹하고 무예가 뛰어난 군사들 5천 명을 선발했어요. 더 많은 군사가 필요했으나 지금 백제의 상황으로는 무리였어요. 계백은 5천 명의 결사대를 모아 놓고 엄숙한 얼굴로 입을 열었어요.

"옛날 중국 월나라의 왕 구천은 5천의 군사로 오나라의 70만 대군을 격파하였다. 그에 비하면 신라와 당나라 연합군은 20만도 채 되지 않으니 무엇이 두렵겠는가? 그러니 목숨을 바칠 각오로 싸워 나라를 지켜 내야 한다!"

"예! 장군님을 따르겠습니다!"

결사대가 우렁찬 목소리로 외쳤어요.

계백은 신라 군사들과의 전투를 앞두고, 떠날 채비를 하기 위해 마지막으로 집에 들렀어요. 집으로 말을 달리는 계백의 마음은 찢어질 듯 아팠어요. 죽는 것이 두려워서 그런 것일까요? 가족들을 다시는 보지 못할 수도 있다는 생각 때문일까요?

아니에요. 계백의 마음을 그토록 비통하게 만든 것은 700년 역사를 자랑하던 백제가 결국 막을 내리게 되었다는 사실이었어요. 한 나라의 백성으로서 자신의 나라가 멸망하는 모습을 지켜보아야 한다는 생각에 계백은 뜨거운 눈물을 쏟을 수밖에 없었어요.

"내 목숨이 다 하는 그 순간까지 나는 백제의 신하로 남을 것이다."

계백은 이를 악물었어요.

집에 도착한 계백은 식구들을 한자리에 모아 놓고 무거운 마음으로 입을 열었어요.

"나는 곧 싸움터로 떠날 것이다. 아마 이번 싸움이 나의 마지막 싸움이 될 것 같구나. 장수인 내가 나라를 위해 싸우다 죽는 것은 당연하다. 그러나 나라 잃은 백성이 될 너희가 당할 치욕을 생각하면 차마 발걸음이 떨어지지 않는구나."

그러자 계백의 부인이 말했어요.

"당신의 마음을 제 어찌 모르겠습니까? 죽을 것을 알면서도 기꺼이 목숨을 걸고 싸우시겠다니, 차라리 우리 모두를 당신의 검으로 죽이고 떠나십시오. 살아서 적의 손에 수모를 당하느니, 떳떳한 백제의 사람으로 죽겠습니다."

"어머님 말이 맞습니다. 적들의 종이 되어 살아가느니 백제의 백성인 채로 죽겠습니다!"

부인과 자식들의 말에 계백은 눈을 감았어요. 사랑하는 가족들을 직접 죽여야만 한다니, 계백은 몹시 괴로웠어요. 하지만 계백은 이미 백제의 마지막을 위해 자신의 모든 것을 바치기로 결심한 뒤였어요.

"그래, 우리 모두 저 세상에서 다시 만나자꾸나! 나도 곧 너희들을 뒤따라가겠다!"

계백은 떨리는 손으로 검을 쥐고 가족들의 목을 차례로 내리쳤어요. 그리고 흐르는 눈물을 애써 참으며 결사대를 이끌고 싸움터로 향했어요.

백제와 신라의 군사들은 황산벌에서 맞붙었어요. 신라의 군사들은 5만이라는 어마어마한 수를 자랑했어요. 설령 신라의 군사들을 무찌른다 해도 10만이 훌쩍 넘는 당나라 군사들이 그 뒤에 버티고 있었지요. 그러나 이미 죽음을 각오한 백제의 군사들에게 두려운 것은 아무것도 없었어요.

"신라를 치자!"

"신라군을 무찌르자!"

백제 군사들은 신라 군사들을 향해 한 치의 망설임도 없이 그대로 돌진했어요. 백제 군사들의 기백에 눌린 신라 군사들은 차례로 쓰러지기 시작했어요. 신라군을 이끌던 김유신은 결국 후퇴할 수밖에 없었지요.

"와아아! 백제가 이겼다!"

백화정 … 1929년에 부여 군수였던 홍한표가 낙화암에서 떨어져 죽은 삼천 궁녀의 원혼을 추모하기 위해 세운 정자예요.

백제 군사들은 서로 얼싸안고 환호성을 질렀어요. 5천 명의 군사로 열 배가 넘는 신라군을 물리친 거예요. 후퇴한 신라군은 얼마 지나지 않아 다시 쳐들어왔어요. 그러나 이번 전투도 결국 백제의 승리로 돌아갔지요. 백제 군사들의 사기는 하늘을 찌를 듯 높아졌어요.

반면 백제에게 진 신라 군사들의 충격은 여간 큰 것이 아니었어요. 고작 5천 명의 백제 군사들에게, 그것도 무려 두 번씩이나 지다니! 생각지도 못한 일이었지요.

"저들이 우리를 이긴 것은 죽음을 두려워하지 않았기 때문이다."

신라 군사를 이끄는 김유신은 생각보다 훨씬 강한 백제군의 모습에 점점 초조해지기 시작했어요. 내일 당장 남쪽 지방에서 당나라 군사들을 만나야 했기 때문이에요. 그런데 아직 황산벌도 돌파하지 못했으니, 정말 답답하기 그지없었어요.

그날 밤 신라의 장수인 흠순은 아들인 반굴을 불러 말했어요.

"무릇 신하라면 나라에 충성을 다해야 하는 법이다. 지금 우리 신라가 위기에 처해 있으니 목숨을 바쳐 싸우는 것이 어떻겠느냐?"

"아버님 말씀이 옳습니다."

반굴은 군사를 이끌고 나가 용맹하게 싸우다 숨을 거두었어요. 이에 신라의 장수인 품일이라는 사람이 자기 아들인 관창에게 말했어요.

"너는 비록 열여섯 살이지만 심지가 곧고 기개가 높은 아이다. 화랑으로서 충성을 다하여 신라를 위해 싸울 용기가 있느냐?"

"예, 아버님. 나라를 위해서 제 목숨을 바치겠습니다!"

관창은 말에 올라 홀로 백제의 진영으로 달려갔어요.

주위를 살피던 계백은 저 멀리서 관창이 홀로 달려오는 모습을 보았어요. 관창은 말을 달리면서도 뛰어난 솜씨로 백제 군사들을 죽이고 있었어요. 계백은 부하를 보내어 관창을 사

낙화암과 삼천 궁녀

신라와 당나라의 침공으로 백제가 함락되자 의자왕을 모시던 삼천여 명의 궁녀들은 백마 강변에 있는 부소산의 한 바위로 올라가서 그 아래 강으로 몸을 던졌다고 해요. 이렇게 궁녀들이 떨어져 죽은 바위를 꽃들이 떨어져 죽은 바위라 해서 낙화암이라고 부르게 되었어요. 하지만 이 삼천 궁녀에 관한 일화는 백제가 멸망한 것에 대한 슬픔을 아름답게 포장하기 위해 과장했다는 것이 일반적인 견해예요.

고란사 벽화 ··· 고란사 뒤편에 있는 벽화로 당나라 군사에게 쫓겨 낙화암에서 떨어지는 삼천 궁녀의 모습이 그려져 있어요.

로잡아 오도록 했어요.

잠시 후 밧줄에 묶인 관창이 계백의 앞으로 끌려 왔어요. 투구를 벗긴 관창의 얼굴을 본 백제 군사들은 깜짝 놀랐어요. 자기들을 무찌르기 위해 용감하게 쳐들어왔던 신라 군사가 아직 앳된 소년이었던 거예요. 관창은 적진 한가운데에서도 전혀 기죽는 법 없이, 꼿꼿하게 고개를 세우고 있었어요.

"아아, 신라는 인재가 많은 나라로구나! 소년도 이렇거늘 하물며 장수들은 어떻겠는가!"

계백은 관창을 죽이기가 아까웠어요. 그래서 그를 신라 진영으로 다시 돌려보냈어요.

신라 진영에 도착한 관창은 이대로 돌아온 것이 분하고 창피하여 견딜 수 없었어요. 우물물로 목을 축인 관창은 다시 말을 타고 백제의 진영으로 달려갔어요. 그러나 관창 혼자서 백제 군사들을 당해 내기란 아무래도 무리였지요.

관창은 다시 계백 앞으로 끌려왔어요.

"할 수 없구나. 목을 베어라."

이번에는 계백도 관창을 죽일 수밖에 없었어요. 그리고 말안장에 관창의 목을 매달아 돌려보냈어요. 반굴과 관창의 죽음에 신라의 군사들은 분노로 몸을 떨었어요.

"저렇게 어린 관창도 몸을 던지는데, 내 어찌 죽음을 겁내리!"

신라 군사들의 마음속에는 불꽃이 이글거리며 타올랐어요. 신라 군사들은 반굴과 관창의 용기를 되새기며 백제 군사들을 향해 말을 달렸어요.

"드디어 마지막 싸움이로구나!"

계백은 이제 곧 자신이 죽게 되리라는 사실을 예감했어요. 그리고 군사들과 함께 끝까지 온 힘을 다하여 적들을 무찔렀지요. 양쪽 군사들의 치열한 싸움에 황산벌은 곧 아수라장이 되었어요.

얼마나 싸웠을까요? 피투성이가 된 계백이 말에서 떨어졌어요.

'내 백제를 지키지 못하고 떠나는 것이 원통할 뿐이구나……'

계백은 죽는 순간까지도 백제의 앞날을 슬퍼하며 숨을 거두었어요. 계백이 죽은 뒤에도 포기하지 않고 싸우던 백제의 군사들 역시 전멸 당했지요.

그 후 백제는 결국 멸망하고 말았어요.

나라 잃은 장수의 슬픈 운명

흑치상지

백제의 장군 흑치상지는 무예가 매우 뛰어난 장수였어요. 백제 서부 사람이었던 그는 키가 무려 일곱척이 넘고, 동작이 날쌔며 힘도 아주 셌어요. 또한 지혜까지 뛰어났지요.

흑치상지는 달솔이라는 높은 벼슬을 지내며 의자왕을 보필했어요. 왕위에 오른 의자왕은 처음 몇 년 동안 나라를 매우 잘 다스렸어요. 그러나 점차 방탕한 생활을 즐기더니 결국 백제를 위기에 몰아넣고 말았어요.

신라와 당나라는 백제를 물리치기 위한 연합군을 조직했어요. 신라의 김유신과 당나라의 소정방이 군사를 이끌고 백제를 쳐들어왔어요. 흑치상지는 고민에 빠졌어요. 지금 백제의 군사로는 도저히 저들을 이길 수 없다는 사실을 잘 알고 있었기 때문이에요.

"그래, 차라리 항복하자. 무고한 백성들을 이대로 죽게 할 수는 없어."

흑치상지는 이기지 못할 전쟁을 벌여 백성들이 괴로워하는 것을 원하지 않았어요. 그래서 부하들과 함께 항복을 했지요. 그러면 적군들이 백성들을 함부로 해치지 않을 거라 여겼던 거예요.

소정방은 흑치상지의 항복을 받아들였어요. 하지만 당나라 군사들을 풀어 백제의 백성들을 죽이고 재물을 마구 빼앗았어요.

"당나라 놈들을 믿은 내가 어리석었구나!"

흑치상지는 부하 열 명과 함께 임존성으로 도망쳤어요. 그리고 그곳에서 백제를 다시 일으킬 군사들을 모집하기 시작했어요. 소식을 들은 백제 사람들이 임존성으로 모이니, 그 수가 무려 3만 명이나 되었어요. 흑치상지가 임존성으로 떠난 지 고작 10일도 채 되지 않았을 때였지요.

"뭐, 흑치상지가 군사를 모아?"

깜짝 놀란 소정방은 당나라 군사들을 보내어 임존성을 꽁꽁 포위했어요. 흑치상지는 백제 군사들을 모아 놓고 외쳤어요.

"적군이 백제를 점령하였다 하나 아직 백제가 사라진 것은

백제 부흥 운동

비록 백제가 의자왕을 끝으로 멸망했지만, 백제 사람들 중에는 그것을 인정하지 않으려는 사람들도 있었어요. 그래서 이들은 백제 멸망 이후 약 4년에 걸쳐 스러진 나라를 다시 세우기 위해 준비한 뒤 백제 부흥 운동을 벌였어요. 당나라 군사들을 물리치면서 성을 되찾는 성과를 거두기도 했지만 내부 분열 등의 이유로 결국 백제 부흥 운동은 성공하지 못했어요. 흑치상지도 이런 백제 부흥 운동에 앞장섰던 장수 중 한 사람이에요.

아니다! 백제의 드높은 기상은 우리의 가슴속에 영원히 남아 있을 것이다! 자, 이제는 목숨을 바쳐 빼앗겼던 나라를 다시 찾을 때다!"

"백제의 백성으로서 죽을 각오로 싸우겠습니다!"

백제 군사들의 눈에서 불꽃이 활활 타올랐어요. 빼앗긴 나라를 찾을 수 있는 마지막 기회라는 생각에 목숨을 걸고 싸웠지요. 백제 군사들의 용맹함에 소정방의 군사들은 도무지 힘을 쓰지 못했어요. 어느덧 흑치상지의 군사들은 200개 가량의 성을 되찾았어요.

소정방은 머리가 지끈지끈 아파 왔어요. 온갖 수를 다 써 보았으나 번번이 흑치상지를 이길 수가 없었던 거예요. 결국 소정방은 당나라 황제에게 이 사실을 알렸어요.

"소정방이 이렇게 말할 정도라니, 흑치상지는 훌륭한 장수인가 보군."

당나라 황제는 흑치상지에게 신하를 보내어 항복을 권유했어요. 이대로 항복한다면 후한 대접을 해 주겠다고 했지요. 흑치상지는 고민에 빠졌어요. 만약 흑치상지가 이 제안을 거절한다면 당나라에서는 더 어마어마한 군사를 보내올 것이 뻔했기 때문이에요.

결국 흑치상지는 당나라의 유인궤라는 장수에게 가 항복했어요. 유인궤는 흑치상지를 보고 범상치 않은 인물이라는 것을 알아챘어요.

'용맹하고 지혜로우니, 기회만 제대로 얻는다면 분명 큰 공을 세울 인재로다.'

항복한 뒤 흑치상지는 당나라로 가게 되었어요. 당나라의 황제는 흑치상지의 뛰어난 재주가 아까워 그에게 양주자사라는 벼슬을 내려 주었어요. 훌륭한 장군이었던 흑치상지는 이내 여러 전투에서 승리를 거두며 큰 공을 세웠어요. 그리하여 당나라 황제의 신임을 얻고 충무장군의 자리에 올랐지요.

흑치상지는 무예도 뛰어났지만 마음 또한 매우 어질었어요. 백제에서 달솔이라는 높은 벼슬을 지낼 때에도, 거들먹거리거나 아랫사람을 업신여기는 법이 없었어요. 그는 항상 부하들에게 너그럽고 공평한 대우를 해 주었어요.

백제 부흥의 근거지, 주류성과 임존성

660년에 백제가 멸망하자 남은 백제의 백성들은 주류성과 임존성을 중심으로 부흥 운동을 벌였어요. 흑치상지는 복신이라는 장군과 함께 임존성을 중심으로 당나라 군사들에 맞서 전투를 벌였어요. 도침이라는 장군은 주류성을 공격하는 신라와 당나라 연합군을 이겼고 200개가 넘은 성을 되찾기도 했지요. 임존성은 충남 예산군에 산성이 남아 있어 그 흔적을 알 수 있지만 주류성의 정확한 위치에 대해서는 여러 가지 학설이 있다고 해요.

한 번은 이런 일이 있었어요. 어떤 병사가 흑치상지의 말을 때린 거예요. 이를 알게 된 한 사람이 흑치상지를 찾아가 말했어요.

"흑치상지 님, 저 병사를 그대로 내버려 두실 작정입니까?"

"그대는 어찌해야 한다고 생각하오?"

"장수에게 말은 정말 중요한 것이 아닙니까? 윗사람의 말을 함부로 다루었으니 당연히 벌을 내려야지요!"

그러자 흑치상지가 웃으며 말했어요.

"그렇소. 장수에게 말은 매우 중요하지. 하지만 병사는 더 중요하다오. 어찌 말과 관련하여 실수를 저질렀다고 병사를 매로 다스릴 수 있겠소?"

흑치상지의 대답을 들은 상대방은 그 높은 덕에 새삼 감탄하지 않을 수 없었어요.

그뿐만이 아니었어요. 흑치상지는 공을 세워 상을 받을 때마다 자신이 거느리는 부하들에게 모조리 나누어 주었어요. 그 바람에 정작 자신에게는 남는 것이 하나도 없었지요.

어느덧 흑치상지는 연연도 대총관이라는 아주 높은 벼슬에 올랐어요. 연연도 대총관이 된 흑치상지는 당나라 장군들과 함께 돌궐을 무찔렀어요. 돌궐의 장수는 얼마 남지 않은 군사들을 이끌고 달아나기 시작했어요.

"어서 돌궐의 뒤를 쫓아 공격합시다!"

자감문위 중랑장이라는 벼슬자리에 있는 보벽이 외쳤어요. 하지만 흑치상지는 고개를 저으며 말했어요.

"지금 당장 쫓는 것보다는 잠시 쉬며 군사를 정비하는 것이 좋겠소. 가끔은 신중함도 필요한 법이오."

둘의 의견을 들은 당나라 황제 역시 흑치상지의 의견에 손

을 들어 주었어요. 보벽은 흑치상지가 영 못마땅했어요. 지금이야말로 아예 돌궐의 뿌리를 뽑아 버릴 수 있는 좋은 기회라 여겼던 거예요.

당 고종 … 당나라 제3대 황제였던 고종은 백제의 장수였던 흑치상지를 높이 평가하여 높은 벼슬을 내려 주었어요.

흑치상지가 좀처럼 생각을 바꿀 것 같지 않자, 보벽은 굳은 결심을 했어요.

'그렇다면 나 혼자 돌궐군을 물리쳐서 공을 세워야겠군!'

보벽은 흑치상지를 따돌린 채 군사를 이끌고 돌궐군을 추격하기 시작했어요. 별다른 전략도 준비하지 않았던 보벽은 결국 돌궐의 속임수에 넘어가 크게 패하고 말았어요. 게다가 보벽이 군사들을 이끌고 가는 바람에 당나라 군사의 전체 진영이 무너지고 말았어요.

"보벽의 독단적인 행동이 전쟁을 모두 망쳐 놓았구나!"

당나라 황제는 크게 노하여 보벽을 처형했어요. 흑치상지 역시 전쟁에서 공을 세우지 못한 책임을 피할 수는 없었어요. 당나라 황제는 불 같은 눈초리로 흑치상지를 쏘아보며 소리쳤어요.

"흑치상지 자네는 도대체 일이 이 지경이 되도록 무얼 하고 있었단 말인가!"

"……."

흑치상지는 아무런 말도 못한 채 묵묵히 고개만 숙이고 있었어요. 이 일 하나로 그동안 흑치상지가 세웠던 모든 공은 물거품이 되어 버린 거예요.

불행은 꼬리에 꼬리를 물고 이어졌어요. 조회절이라는 장군이 황제에게 반역을 일으켰는데, 평소 흑치상지를 눈엣가시처럼 여겼던 무리가 흑치상지도 그 반역에 가담했다고 모함을 한 거예요.

"흑치상지가 그랬을 리가 없다!"

당나라 황제는 신하들의 말을 믿지 않았어요. 비록 전투에서 패하기는 했지만 흑치상지는 그 뒤로도 당나라를 위해 몸바쳐 열심히 싸워 왔기 때문이에요. 하지만 신하들은 모함을 멈추지 않았어요. 심지어 더 많은 거짓말로 왕을 설득했어요.

"백제 사람인 흑치상지가 진심으로 당나라에 충성을 다하겠습니까? 훗날 백제의 복수를 손쉽게 하려는 속임수일 뿐입니다."

결국 당나라 황제는 신하들의 말에 넘어가고 말았어요. 그래서 흑치상지를 옥에 가두고 교수형을 내렸지요. 결국 흑치상지는 억울하게 목숨을 잃고 말았어요. 평소 흑치상지의 인품을 알고 있던 사람들은 그의 죽음을 몹시 슬퍼했어요.

백제를 버리고 당나라에 갔으나 결국 누명을 쓰고 불행한
최후를 맞이한 흑치상지. 어쩌면 그것은 나라를 잃은 백성이
겪을 수밖에 없었던 비극적인 운명인지도 모르겠어요.

신라의 주춧돌이 된 소년 화랑

사다함

사다함은 신라 제17대 내물왕의 7대손으로 진골 출신이었어
요. 진골은 신라의 신분 제도인 골품 제도 중에서 최고인 성골
다음으로 높은 신분이에요. 여기에 훤칠한 외모와 담대한 기
백까지 갖추었으니, 사다함이 화랑으로 뽑힌 것은 어쩌면 당
연한 일이겠지요.

화랑이 된 사다함은 무려 천여 명이나 되는 낭도들을 이끌
게 되었어요. 낭도들은 곧고 바른 성품을 가진 사다함을 잘 따
랐어요.

그즈음 신라 제24대 진흥왕은 가야를 치려는 계획을 세우고
있었어요. 그래서 장군 이사부를 불러 가야를 무찌르도록 했
어요.

'이제 곧 가야를 쳐들어간다니, 나도 전쟁에 참여하여 싸울

수 있으면 좋겠구나.'

이 소식을 들은 사다함은 자신도 전쟁에 나가 싸우고 싶었어요. 화랑으로서, 그리고 신하로서 이대로 가만히 있을 수는 없다고 생각했어요. 사다함은 고민 끝에 진흥왕을 찾아가 직접 청을 올렸어요.

"임금님, 저도 이번 가야 정벌에 나가 나라에 힘을 보태고 싶습니다."

"뭐라고? 네가 전쟁에 나가겠다는 말이냐?"

진흥왕은 사다함의 말에 깜짝 놀랐어요. 사다함이 화랑이고 무예가 뛰어나다 한들 아직 10대 소년이었기 때문이에요. 목숨이 왔다 갔다 하는 전쟁에 나가기에는 너무 어렸어요. 진흥왕은 고개를 저으며 입을 열었어요.

"전쟁에 나서기에는 아직 앞날이 창창한 소년이 아니더냐? 허락할 수 없노라."

"임금님, 제 나이가 비록 적으나 나라를 사랑하는 충심만큼은 그 누구에게도 뒤지지 않습니다. 열심히 싸워 꼭 승리를 안겨다 드리겠습니다."

사다함이 간절한 목소리로 말했어요. 사다함의 확고한 의지에 진흥왕의 마음도 흔들리기 시작했어요.

"네 뜻이 그렇다면 내 더 이상 말리지 않겠다."

결국 진흥왕은 사다함의 청을 허락했어요. 그리고 사다함에게 귀당비장이라는 직책을 내려 주었어요.

"사다함 님, 우리도 뜻을 함께하겠습니다!"

소식을 들은 사다함의 낭도들은 사다함을 따라 전쟁에 참여하기로 했어요. 사다함의 친구인 무관도 기꺼이 뜻을 같이했어요. 두 친구는 한 사람이 죽거든, 남은 사람도 따라 죽을 것을 약속할 정도로 무척이나 절친한 사이였지요.

"사다함, 네가 전쟁에 나가는데 나만 가만히 있을 수는 없지!"

"그래, 고맙다! 우리 꼭 이겨서 돌아오자!"

사다함과 무관은 서로의 눈을 바라보며 굳게 다짐했어요.

어느덧 신라의 군사들은 가야를 치기 위해 길을 떠났어요. 신라의 군대가 국경에 다다랐을 때였어요. 사다함은 무언가 곰곰이 생각하더니, 이사부 장군에게 가 말했어요.

"장군님, 저희가 먼저 나아가 길을 뚫는 것이 좋을 듯합니다. 저희 화랑들을 앞세워 주십시오."

"오호, 참으로 용감하구나!"

이사부는 사다함에게 군사를 나누어 주었어요. 그리고 사다함의 요청대로 그를 선봉에 내세웠어요. 맨 앞에 선 사다함은 군사들을 거느리고 가야의 성문인 전단량을 향해 말을 달렸어요. 한 치의 머뭇거림도 없는 매우 용맹한 모습이었지요.

"저 어린 화랑조차 저렇게 열심히 싸우는구나!"

"그래, 우리도 죽을 각오로 이 한 몸 바쳐 가야를 물리치자!"

사다함의 용기는 신라군에게 좋은 자극제가 되었어요. 군사들의 눈은 꼭 이기고야 말겠다는 강렬한 의지로 가득 찼어요.

한편 갑작스러운 신라의 공격에 놀란 가야 군사들은 허둥지둥 어쩔 줄을 몰랐어요. 성 위에서 화살을 쏘아 신라 군사들을 쓰러뜨리려 했지만 그것만으로는 역부족이었어요. 결국 신라군은 가야의 성문을 여는 데 성공했어요.

"문이 열렸다! 모두 돌진하라!"

가야의 성안은 금세 신라 군사들로 가득 찼어요.

"만세! 가야를 꺾었다!"

신라 군사들이 환호성을 지르며 기뻐했어요. 사다함과 무관은 서로를 보며 씩 웃었어요.

전투에서 당당히 승전보를 울린 신라 군사들은 수도인 서라벌로 돌아갔어요. 가야를 무찌르고 승리를 거두었다는 소식에 백성 모두가 매우 기뻐했지요. 백성들은 거리로 나와 궁궐로 향하는 신라 군사들을 환영해 주었어요.

잠시 후 신라 군사들은 궁궐에 도착했어요. 그러자 진흥왕이 얼굴에 가득 웃음을 띠며 그들을 반갑게 맞이했어요.

신라 화랑복 … 사다함과 같은 화랑들이 입었던 옷이에요. 화랑이란 낭도들이 속한 화랑도의 지도자를 일컫는 말이라 추측되고 있어요. 화랑도는 신라 시대에 있었던 청소년 수양 단체이지요.

"이번 승리는 장군의 훌륭한 지휘 덕분이오."

진흥왕은 이사부 장군에게 칭찬을 아끼지 않았어요. 이사부는 진흥왕에게 공손히 고개를 숙였어요. 이윽고 진흥왕은 옆에 있는 사다함에게 고개를 돌려 말했어요.

"어린 나이에 참으로 장하도다! 내 너에게 가야 사람 300명을 상으로 주겠노라."

사다함이 깜짝 놀라 대답했어요.

"임금님, 저는 그저 신하로서 마땅히 해야 할 일을 했을 뿐입니다. 그런 상은 저에게 너무 과분합니다. 부디 거두어 주십시오."

"허허, 큰 공을 세워 놓고 어찌 그런 말을 하느냐? 사양 말고 받도록 하여라."

결국 사다함은 왕이 내린 가야 사람 300명을 받을 수밖에 없었어요. 하지만 그들을 모두 가야로 돌려보내 주었어요. 이 소식을 들은 진흥왕은 사다함이 더욱 기특하게 느껴졌어요.

"네 마음이 참으로 기특하구나. 내 너에게 기름진 땅을 내려 주겠노라."

사다함은 거절했지만, 이번에도 진흥왕의 뜻을 바꿀 수는 없었어요. 게다가 상을 계속 거절하는 것 또한 임금에 대한 예의가 아니었어요. 사다함은 잠시 고민하다가 말했어요.

"그렇다면 임금님, 알천에 있는 불모지를 주시옵소서."

그리하여 사다함은 알천에 있는 메마른 땅을 받았어요.

어느덧 시간이 흘러 사다함은 열일곱 살이 되었어요. 그런데 이를 어쩌면 좋을까요? 사다함에게 엄청난 불행이 닥치고 말았어요. 죽음까지 함께하기로 약속했던 친구 무관이 전쟁터에서 입었던 부상 때문에 시름시름 앓다 죽은 거예요.

"무관! 이제 너를 다시는 볼 수 없게 되었구나……."

무관의 죽음은 사다함에게 너무나 큰 충격으로 다가왔어요. 슬픔에 젖어 통곡하던 사다함은 어린 시절 무관과 했던 약속을 떠올렸어요.

'무관아, 우리는 죽음도 함께하는 친구가 되자. 한 사람이 먼저 죽거든 나머지 한 사람도 뒤따라 죽는 거야.'

'그래, 내 뜻을 알아줄 벗이 없는데 살아서 무얼 하겠어?'

'역시, 너는 내 친구야. 하하하!'

사다함은 어느새 뜨거운 눈물을 뚝뚝 떨어뜨렸어요.

사다함은 무관이 죽은 뒤로 7일 동안 제대로 먹지도 않고 그저 통곡만 하다 세상을 떠나고 말았어요. 어린 시절 무관과 했던 그 약속을 지킨 거예요.

화랑정신의 백미

관창

관창은 신라 장군 품일의 아들이에요. 수려한 용모와 뛰어난 무예 실력으로 어린 나이에 이미 화랑이 되었어요. 성품 또한 바르고 어질어 다른 이들과 두루두루 잘 지냈지요.

당시 신라의 왕은 제29대 태종 무열왕이었어요. 태종 무열왕은 백제를 무찌르고 삼국을 통일하려는 장대한 포부를 가지고 있었어요.

그 무렵 백제의 의자왕은 나랏일을 뒤로 한 채 매일 궁녀들과 어울려 술만 마시고 있었어요. 자연스럽게 백제의 국력은 점점 기울어져 갔지요.

"드디어 백제를 칠 기회가 왔도다!"

태종 무열왕은 백제의 힘이 약해진 틈을 타 당나라와 함께 백제를 치기로 했어요. 태종 무열왕의 명령을 받은 김유신은 군사들을 이끌고 백제로 향했어요. 당나라에서는 소정방이라는 장군에게 군사를 주어 보냈어요.

관청의 아버지 품일도 이 전쟁에 참여하게 되었어요. 품일은 전쟁터에 아들인 관창도 데려갔어요. 관창은 비록 어린 소년이지만 용맹함과 무예만큼은 다른 장수들과 겨루어 결코 뒤지지 않았어요.

어느덧 신라의 군사들은 황산벌에 이르렀어요. 얼마 지나지 않아 계백 장군이 이끄는 백제의 군사들이 나타났어요. 신라의 군사들은 5만 명에 달했지만, 백제 군사들은 그보다 열 배나 적은 5천 명 정도밖에 되지 않았어요.

"설마 백제 군사들을 못 이기겠어?"

신라 군사들은 승리를 확신했어요. 하지만 이게 웬일일까요? 백제 군사들은 5만 명이나 되는 신라 군사들과의 싸움에서 좀처럼 밀리지 않았어요. 오히려 시간이 지나면 지날수록 그들의 방어는 더욱 견고해지는 것만 같았지요.

"이럴 수가, 백제 군사들이 이렇게 강할 줄이야!"

신라 군사들은 생각지도 못한 상황에 당황하기 시작했어요.

김유신 역시 마음이 초조하기는 마찬가지였어요. 신라 군사들의 수가 훨씬 많은데, 고작 5천 명밖에 되지 않는 백제군 따위를 물리치지 못하다니요! 게다가 백제는 의자왕의 방탕한

신라군을 네 차례나 격파한 계백

계백 장군은 겨우 5천 명밖에 안 되는 군사를 이끌고 김유신이 이끄는 5만 대군을 네 차례나 격파했어요. 그러나 자기네 땅인 황산벌에서 계속해서 지고 있던 신라는 나이 어린 화랑 관창의 활약으로 겨우 사기를 북돋을 수 있었어요. 그 기세로 신라군은 총공격을 벌였고 결국 계백은 신라군을 이기지 못하고 장렬하게 전사했어요. 계백 장군은 전장에 나가기 전 '살아서 적의 노비가 되는 것은 죽음만 못하다.'면서 가족을 모두 죽이고 나갔어요. 이 일화를 통해 백제인의 드높은 기상과 나라를 향한 충심을 엿볼 수 있지요.

정치로 전쟁 준비조차 제대로 하지 못했는데 말이에요. 엎친 데 덮친 격으로 신라 군은 당나라 군사들과 저 아래 남쪽 지방에서 만나기로 약속까지 해 놓은 상태였어요.

"이것 참 큰일이오. 어서 황산벌을 돌파해야만 하는데……."

김유신이 장수들을 보며 중얼거렸어요. 어쩌면 애초에 백제 군사들의 마음가짐 자체가 다르기 때문일지도 몰랐어요. 백제 군사들은 자신들이 이곳에서 죽을 것을 잘 알고 있었어요. 그래서 오히려 죽음을 두려워하지 않고 싸우게 된 거예요.

물론 신라군의 수가 훨씬 많으니 언젠가는 백제를 물리치는 게 당연한 일이었어요. 그러나 문제는 신라군의 사기가 이미 잔뜩 떨어져 있다는 것이었어요. 백제의 군사들을 저토록 불타오르게 하는 것이 나라를 지키기 위한 마지막 충성심이라면, 신라의 군사들에게는 무엇이 필요할까요?

그때였어요. 김유신의 걱정스러운 얼굴을 보던 품일이 자신의 아들 관창을 불렀어요.

"너는 비록 어리지만 그 기백만큼은 누구에게도 뒤지지 않는다. 그래, 위기에 처한 신라를 위하여 네 목숨을 바칠 각오가 되어 있느냐?"

"예, 아버님! 신라를 위하여 목숨을 바치겠습니다!"

관창이 씩씩한 목소리로 대답했어요. 그리고는 곧바로 말 위에 올라 백제의 진영으로 향했어요. 말을 달리는 도중에도 창을 휘둘러 백제의 군사들을 거침없이 쓰러뜨렸어요. 하지만 혼자서 그 많은 백제의 군사들을 상대하는 것은 역시 무리였지요.

백제 군사들은 관창을 사로잡아 계백에게 끌고 갔어요.

"그래, 너는 누구냐?"

"나는 신라의 화랑 관창이오!"

그러자 계백은 부하들을 시켜 관창의 투구를 벗기도록 했어요. 혼자서 적진으로 달려들어 군사들을 물리치는 이 대담한 장수는 과연 누구인지 궁금한 생각이 들었어요.

이윽고 관창의 투구가 벗겨졌어요.

"그토록 용맹한 장수가 아직 어린 소년이었다니!"

관창의 앳된 얼굴을 본 계백과 부하들은 놀란 기색을 감추지 못했어요. 관창은 그들의 수군거림에도 아랑곳하지 않은 채 계백의 눈을 똑바로 쳐다보았어요.

"아아, 소년까지도 이리 용감하고 충심이 가득하다니! 적이지만 신라가 부럽구나……."

계백이 감탄하며 말했어요.

"내 너의 용기를 높이 사서 목숨만은 살려주겠다. 그러나 만약 다시 내 앞에 나타나거든 그때는 곧바로 죽이고 말 것이다."

계백은 관창을 풀어 주고 신라 진영으로 보냈어요. 비록 적군이지만 이렇게 용감한 소년을 죽일 수는 없었던 거예요.

신라 진영으로 돌아온 관창은 분노로 온몸이 부들부들 떨렸어요. 적에게 사로잡힌 것도 부끄러웠지만, 목숨을 보전하는 것으로 적에게 빚을 졌다는 사실을 도무지 참을 수 없었어요.

"내 적장을 물리치고 깃발을 빼앗아 왔어야 했는데! 다시 쳐들어가면 꼭 백제 장수의 목을 베고 말리라!"

관창은 말에서 내려 우물물을 벌컥벌컥 마신 뒤 다시 적진을 향해 돌진했어요. 그리고는 창을 휘두르며 백제의 군사들을 무찔러 나갔어요. 하지만 결국 다시 사로잡혀 계백에게 끌려가고 말았어요.

"일전의 그 녀석이구나! 내 앞에 다시 나타나면 죽음을 면치 못할 것이라 했건만, 왜 또 나타난 것이냐!"

계백은 화가 머리끝까지 치솟았어요. 그러나 관창은 이번에도 고개를 꼿꼿이 세운 채 전혀 기죽는 법 없이 또랑또랑 말을 내뱉었어요.

"이것이 바로 우리 신라의 정신이요! 긴 말 말고 어서 내 목을 치시오!"

결국 계백은 관창을 죽이라고 명령했어요. 그리고 관창의 머리를 말안장에 매달아 신라 진영으로 돌려보냈어요.

관창을 기다리고 있던 품일은 저 멀리서 말 한 마리가 다가오는 것을 보았어요. 그 옆에 매달린 것은 다름 아닌 아들 관창의 머리였지요. 품일이 떨리는 목소리로 입을 열었어요.

"장하다, 관창아! 네가 나라를 위하여 죽을 것을 알았으니 이 아비는 그저 자랑스럽구나!"

그러고는 아들의 머리를 어루만지며 뜨거운 눈물을 흘렸지요. 그 모습을 본 신라 군사들의 마음 속에 뜨거운 불꽃이 피어났어요. 자신의 목숨을 던져 신라를 위기에서 구해 내고자 한 관창의 깊은 뜻이 전해진 거예요.

"저 어린 화랑도 나라를 위해 죽었다! 자, 이제는 우리가 목숨을 바칠 차례다!"

"백제를 물리치고 관창의 복수를 하

김유신 묘비 … 김유신 묘 앞에 세워진 비석이에요. 삼국 통일의 기반을 다진 김유신의 무덤은 어느 왕릉 못지않게 화려하게 만들어졌어요.

김유신 묘 12지신상 … 김유신의 묘 주변 아랫부분에 장식된 12지신상 중 원숭이 조각이에
요. 묘 주변에는 12간지 속 열두 동물을 조각한 둘레돌이 방위를 맞춰 둘러져 있어요.

자!"

　어느덧 신라 군사들의 눈빛은 달라져 있었어요. 이를 본 김유신은 드디어 신라 군사들의 마음속에도 지켜야 할 것이 생겼다는 사실을 알게 되었어요. 그것은 바로 신라의 정신과 그를 위하여 목숨을 바친 화랑 관창의 숭고한 죽음이었어요.

　신라 군사들은 성난 파도처럼 백제 진영을 향해 달렸어요. 그 결과 백제군을 전멸시키고 승리를 거두었어요. 어린 화랑이자 동료였던 관창의 죽음을 헛되게 하지 않은 거였어요.

을파소

고구려 제9대인 고국천왕 때의 일이에요. 당시 고구려의 조정은 매우 혼란스러웠어요. 왕비의 친척인 어비류와 좌가려라는 사람이 권력을 휘어잡고 나랏일을 멋대로 주무르고 있었기 때문이에요.

그들은 백성들의 고통 따위는 아랑곳하지 않은 채 자신들의 사리사욕을 채우는 데에만 급급했어요. 백성들의 원성이 하늘을 찌르자, 마침내 고국천왕은 이들을 더 이상 두고 볼 수 없다고 생각했어요. 그래서 어비류와 좌가려를 잡아 처형하려 했지요.

"고국천왕이 우리를 제거하려고 하는군!"

"그럴 바에는 우리가 먼저 왕을 몰아내 버립시다!"

어비류와 좌가려는 이 기회에 아예 고국천왕을 몰아낼 계획

을 세웠어요. 이를 알아챈 고국천왕은 화가 머리끝까지 치솟았어요. 그래서 당장 어비류와 좌가려를 잡아들여 벌을 내렸지요. 그리고 신하들을 불러 명을 내렸어요.

"자신과 가까운 이에게 벼슬을 마구 내주고 정작 뛰어난 인재는 거들떠보지도 않으니 어찌 나라가 부강해질 수 있겠는가? 그렇게 벼슬을 얻은 자들의 무능함이 결국 이 나라를 병들게 하였도다!"

고국천왕의 외침에 신하들은 모두 죄 지은 사람마냥 고개를 들지 못했어요. 고국천왕은 계속해서 말했어요.

"그대들을 탓하는 것이 아니오. 모두 과인의 덕이 부족해서

113

일어난 일이지. 이제부터라도 잘못된 것은 바로잡으면 될 일이오. 그러니 지금부터 그대들은 지방 4부에 숨어 있는 인재들을 찾아 추천해 주시오."

고구려의 영토는 동, 서, 남, 북, 내 다섯 구역인 5부로 나뉘어져 있었어요. 고국천왕은 어비류와 좌가려가 속해 있던 지역을 제외한 나머지 지역에서 인재를 뽑고자 했어요.

얼마 뒤 고국천왕의 명을 받든 신하들은 동부에 사는 안류라는 사람을 추천했어요. 고국천왕은 안류를 궁궐로 불러 벼슬을 주고 나랏일을 맡기려 했어요. 그러자 안류가 말했어요.

"임금님, 저는 나랏일을 맡기에는 턱없이 부족한 사람입니다. 저 대신 다른 유능한 사람을 추천하겠습니다."

"그래, 그 사람이 누구인가?"

"서압록곡 좌물촌에 사는 을파소라는 사람입니다. 유리왕 때의 대신인 을소의 후손이지요. 지혜롭고 총명하나 알아주는 이가 없어 농사를 지으며 살고 있습니다. 만약 임금께서 인재를 찾고자 하신다면 을파소만한 이가 없을 것입니다."

안류의 말에 고국천왕은 을파소에게 사람을 보냈어요. 겸손하고 정중하게 모셔 와야 한다는 당부도 잊지 않았지요.

이윽고 을파소가 궁궐에 도착했어요. 고국천왕은 그를 중외대부라는 벼슬에 임명한 뒤 우태로 삼으려고 했어요. 우태는 고구려의 높은 관직 중 하나였어요.

"내가 비록 왕위에 올라 임금이 되었으나, 덕과 자질이 부족하여 나라를 제대로 다스리지 못하고 있소. 공은 그동안 자신의 뛰어난 재주를 숨긴 채 시골에 묻혀 살았다 들었소. 공이 나의 청을 거절하지 않고 이렇게 와 주었으니, 이는 곧 나라와 백성의 복이라 생각하오. 내 공의 가르침을 받고자 하니 공은 마음을 다하여 주기 바라오."

고국천왕은 을파소에게 간곡히 부탁했어요. 그런데 뜻밖에도 을파소가 이런 말을 하는 것이었어요.

"임금님, 저처럼 부족한 사람에게 어찌 그런 말씀을 하십니까? 바라옵건대 임금께서는 저보다 훨씬 어질고 훌륭한 인재를 뽑아 높은 벼슬을 내려 큰일을 이루십시오."

고국천왕은 을파소의 말 속에 숨어 있는 뜻을 알아챘어요.

'소신, 임금님을 돕고 싶으나 그 벼슬로는 제 뜻을 다 펼치기 어렵습니다.'

을파소는 바로 이렇게 말하고 싶었던 거예요. 고국천왕이 내린 중외대부와 우태라는 벼슬로는 큰일을 이룰 수 없다고 말이에요.

고국천왕은 을파소를 고구려 최고 관직인 국상에 임명했어요. 한 나라의 재상이 된 거예요.

"시골에서 농사나 짓던 이가 어찌 국상이 되었단 말인가?"

조정의 신하들은 을파소를 못마땅하게 여겼어요. 고작 농부가 겁도 없이 자신들을 다스리려 한다고 화를 내기도 했지요. 이를 들은 고국천왕은 생각에 잠겼어요.

'이 문제는 단단히 못을 박아 둘 필요가 있겠군.'

고국천왕은 곧바로 조정의 신하들과 귀족들을 불러 명령했어요.

"신분이 낮든 높든 간에 새 국상을 따르지 않는 이는 죽음을 면치 못할 것이다!"

을파소는 자신을 믿어 주는 고국천왕의 마음 씀에 깊이 감격했어요. 고국천왕의 믿음에 보답할 수 있도록 나랏일에 최선을 다하겠다고 굳게 맹세했지요. 을파소는 자신의 이런 결심을 사람들에게 이야기했어요.

"때를 만나지 못하면 숨어 살고 때를 만나면 세상에 나와 벼슬을 한다, 이는 곧 선비가 행해야 할 당연한 행동이오. 이제 임금께서 나를 아껴 주시니, 어찌 예전처럼 숨어 살 생각을 할 수 있겠소? 지금은 깊은 충심으로 임금님을 도와 나라를 잘 다스려야 할 때요."

을파소는 자신이 결심한 것을 그대로 실천했어요. 죄를 지은 사람은 엄하게 벌하고, 공을 세운 사람에게는 그에 걸맞는 상을 내려 주었어요. 백성들을 생각하고 백성의 마음으로 나랏일을 하니, 자연스레 온 나라가 평화로웠어요. 백성들의 얼굴에는 어느새 웃음꽃이 피었어요.

고구려 벽화의 농사신 … 고구려 사람들은 농사를 관장하는 신에게 일 년 먹고살 양식을 준비하는 농사가 잘 되게 해달라고 빌었어요. 벽화 속 농사신은 소 머리에 사람 손을 하고 이삭을 들고 있어요.

백성을 구한 진대법

진대법은 재난이나 흉년으로 먹고살기 어려운 백성을 위해 나라가 곡식을 빌려둔 뒤, 가을걷이가 끝나면 빌려준 곡식을 돌려받는 제도를 말해요. 고국천왕은 사냥을 나갔다가 길에 주저앉아 울고 있는 백성을 보게 되었어요. 백성은 흉년으로 품을 팔 곳조차 없어서 굶어 죽게 생겼다고 대답했지요. 이를 불쌍하게 여긴 고국천왕을 보고 을파소는 관곡을 빌려주자고 건의했어요. 이렇게 시작된 진대법은 우리나라 최초의 빈민구제 제도로 기록되어 있어요.

을파소가 재상이 된 지 3년쯤 지난 어느 날이었어요. 그 해에는 아주 극심한 흉년이 들었어요. 가을이 되었지만 수확할 곡식이 거의 없었지요. 겨울이 되자 상황은 더욱 심각해졌어요. 거리 곳곳에서 굶어 죽는 백성들이 생겨났어요.

을파소는 고국천왕을 찾아가 아뢰었어요.

"임금님, 흉년으로 백성들이 매우 고통 받고 있습니다. 나라의 창고를 열어 곡식을 나누어 주는 것이 어떻겠습니까?"

이에 고국천왕은 나라의 곡식을 풀어 백성들을 구제했어요. 그리고 이것을 아예 진대법이라는 제도로 만들었어요. 매년 봄 3월부터 7월까지 식구 수에 따라 나라의 곡식을 빌려 주고, 가을에 곡식을 추수하여 10월에 다시 갚도록 하는 거예요.

이제 백성들은 귀족에게만 유리한 조건으로 곡식을 꾸지 않아도 되었어요.

"을파소 재상님은 정말 훌륭한 분이야!"

"그럼, 우리 백성들을 이리도 잘 보살펴 주시잖아."

백성들은 모이기만 하면 을파소를 칭송하느라 바빴어요.

국내성이 있었던 지린에 남아 있는 고구려 무덤 … 고구려의 수도였던 국내성은 지금의 중국 지린 성이에요. 이것은 장수왕 후궁의 묘로, 돌무지무덤 형식을 띠고 있어요.

　을파소는 고국천왕의 뒤를 이은 산상왕 시대에도 국상을 맡아 열심히 일했어요. 훗날 을파소가 세상을 떠나자, 그의 죽음에 백성들이 모두 통곡하며 슬퍼했어요. 이렇듯 왕과 백성들의 사랑을 한 몸에 받았던 을파소는 고구려의 진정한 명재상이었어요.

우산국을 정복한 남자

이사부

이사부는 신라 제17대 내물왕의 4대손이에요. 신라 제22대 왕인 지증왕에 이어 법흥왕, 진흥왕 때까지 임금을 보필하였던 장군이지요.

당시 신라의 임금은 제22대 지증왕이었어요. 지증왕은 이사부에게 국경 지역을 다스리는 벼슬을 내렸어요. 이사부는 가야의 땅을 차지하여 신라의 영토를 넓히고 싶었어요. 하지만 무조건 쳐들어간다고 해서 답이 나올 것 같지는 않았어요.

이사부는 무예가 뛰어나고 지혜로운 장군이었어요. 힘으로 몰아붙이기보다는 놀라운 꾀를 부려 적들을 물리치고는 했지요. 이번에도 이사부는 무슨 좋은 방법이 없을까 곰곰이 생각했어요. 그러다 문득 거도의 계책을 이용하기로 했어요. 거도는 신라 제4대 탈해왕 때의 신하로, 마숙 놀이를 이용하여 우시산국과 거칠산국을 점령한 인물이에요.

"그래, 마숙 놀이로 우선 적을 방심하게 하는 거야!"

이사부는 거도가 했던 것처럼 해마다 마숙 놀이를 하기 시작했어요. 발판에 말을 가득 늘어놓고는 군사들을 모아 놓고 명령했어요.

"지금부터 너희는 이 말을 타고 신나게 달려라!"

군사들은 이사부가 시킨 대로 말을 타고 벌판을 마구 내달렸어요.

마숙 놀이가 거듭되면서 어느덧 가야 군사들의 경계심은 점점 풀어지기 시작했어요. 신라 군사들이 벌판에서 말을 달리고 있는 모습을 보아도 그저 또 마숙 놀이를 한다고만 생각했지요. 이사부의 계획대로 된 거예요.

"드디어 때가 되었구나! 모두 가야를 공격해라!"

이사부는 가야 군사들을 보기 좋게 무찌르고 신라의 영토를 넓혔어요. 거도의 작전을 이용한 전략이 그대로 맞아떨어진 것이지요.

지증왕 13년째인 512년, 이사부는 지금의 강원도 강릉인 아

이사부 영정 … 우산국을 신라의 영토로 만들었던 이사부의 일화는 우리나라 대중가요인 〈한국을 빛낸 100명의 위인들〉과 〈독도는 우리 땅〉에도 등장해요.

슬라주의 군주가 되었어요. 군주가 된 이사부는 저 먼 바다에 있는 섬 우산국을 정벌할 계획을 세웠어요. 우산국은 바로 지금의 울릉도예요.

이사부는 군사들을 모아 훈련시키고, 전투에 쓸 배를 마련했어요. 하지만 이것만으로는 뭔가 부족한 것 같았어요.

'우산국을 정복하기 위한 뭐 좋은 방법이 없을까?'

이사부는 골똘히 생각에 잠겼어요. 우산국 사람들은 성질이 사나워서 힘으로만 밀어붙인다고 쉽사리 항복할 것 같지 않았어요. 힘뿐만이 아닌 무언가 다른 것이 필요했지요. 그때, 이사부의 머릿속에 좋은 계책이 하나 떠올랐어요.

"지금 당장 숲에서 통나무를 잘라 오거라!"

이사부는 군사들을 불러 명령을 내렸어요.

"도대체 이사부 님은 무슨 생각이실까?"

"뭐, 일단 가져가 보면 알 수 있지 않겠나? 어서 나무나 자르세."

군사들은 통나무를 가득 잘라 이사부에게 가져갔어요. 이사부는 그 나무들을 찬찬히 살피고는 고개를 끄덕이며 말했어요.

"좋은 놈으로 잘라 왔구나. 이제 이 나무들을 깎아 사자를 만들어라."

"사자를 만들라고요?"

"그래, 아주 무섭게 만들어야 한다."

군사들은 이사부의 속내도 모른 채 영문을 모르겠다는 얼굴로 열심히 나무를 깎았어요. 어느덧 무시무시한 얼굴을 한 나무 사자들이 완성되었어요. 어찌나 사납게 생겼던지, 나무로 만든 것을 알고 보아도 온몸의 털이 곤두설 정도였어요.

이사부는 나무로 만든 사자들을 모두 배에 싣게 했어요. 그런 다음 군사들을 거느리고 우산국을 향하여 떠났지요. 넘실거리는 파도를 넘고 넘어 저 멀리 우산국의 모습이 보이기 시작했어요.

"아니, 저게 웬 배지?"

마침 바다를 감시하던 우산국 군사가 신라군의 배를 보고 소리쳤어요.

"적군이다! 적군이 쳐들어왔어!"

"모두들 바닷가로 집합해라!"

우산국 군사들은 바닷가에 모여 신라군의 배가 다가오기만을 기다렸어요. 어느덧 배는 바닷가에 점점 가까워졌어요. 순간 우산국 군사들은 소스라치게 놀라고 말았어요. 글쎄, 무시무시하고 험상궂은 사자들이 배에 한가득

섬나라, 우산국

우산국은 지금의 울릉도를 중심으로 그 주변에 딸린 섬을 다스리던 섬나라라고 할 수 있어요. 『삼국사기』에 따르면 512년 신라 지증왕 때 이사부가 우산국을 신라 땅으로 부속시켰고, 그 뒤로 지금까지 계속 우리나라 영토가 된 것이에요. 신라는 이사부가 우산국을 정복하기 전에도 여러 번 우산국을 공격했었지만 계속 져서 점령하지 못했어요. 왜냐하면 섬에 살고 있어서 해전에 익숙한 우산국 군사와 맞서 싸우기에는 신라 군사들이 해전에 너무 서툴렀기 때문이에요. 하지만 결국 이사부의 지략에 넘어간 우산국 사람들은 항복했고, 그 결과 울릉도와 독도를 비롯한 주변 섬들은 지금까지 우리나라 영토로 이어오게 되었어요.

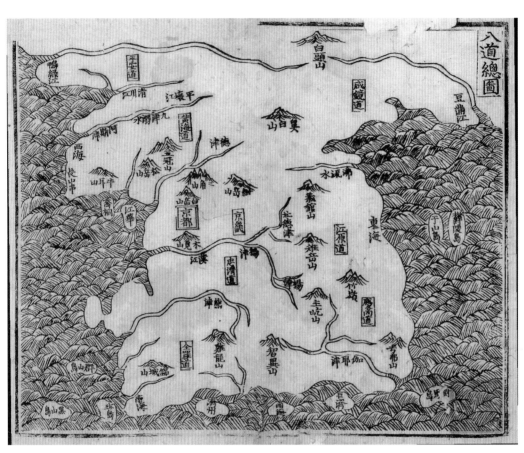

팔도총도 ··· 조선 시대에 만들어진 지도인 팔도총도예요. 우산국은 이 지도에서 울릉도 동쪽이 아니라 울릉도 서쪽에 그려져 있지만 울릉도 서쪽에는 섬이 없기 때문에 단순한 오류라고 여겨져요.

타고 있었던 거예요.

이윽고 이사부 장군의 목소리가 쩌렁쩌렁 울려 퍼졌어요.

"이 맹수들이 보이느냐? 너희가 항복하지 않는다면 이 맹수들을 모조리 풀어 너희를 죽일 것이다!"

우산국 군사들은 바닥에 엎드려 벌벌 떨며 말했어요.

"저 사자들 좀 봐! 저렇게나 많은데 우리가 무슨 수로 이기겠어?"

"저 날카로운 이빨에 찔렸다가는 그대로 죽고 말 거야!"

잔뜩 겁먹은 우산국 군사들은 결국 이사부에게 항복하고 말았어요. 이사부는 놀라운 꾀로 우산국을 신라의 영토로 만든 거예요.

이사부의 놀라운 활약은 이것이 다가 아니에요.

신라의 제24대 임금인 진흥왕 시절의 일이에요. 그 무렵 백제와 고구려는 서로 치고받고 싸우느라 정신이 없었어요. 백제가 고구려의 도살성을 빼앗자, 화가 난 고구려가 백제의 금현성을 빼앗았지요.

"허허, 하늘이 우리 신라에게 기회를 주신 모양이오."

진흥왕은 이사부를 불러 이 틈에 두 나라를 무찌르라고 명령했어요.

"예, 임금님. 맡겨만 주시옵소서."

이사부는 군사들을 이끌고 두 성을 모두 쳐들어갔어요. 두

이사부 출항 기념비 ··· 이사부 장군이 우산국을 정벌하려 떠날 때 출항했을 곳으로 추정되는 삼척시 오분항에 세워진 출항 기념비예요.

나라의 군사들은 갑자기 들이닥친 신라군을 보고 당황하여 어쩔 줄을 몰랐어요. 애써 신라군을 막아 보려 했지만 앞선 전투로 이미 잔뜩 지친 상태였지요.

"이런, 신라에게 뒤통수를 맞았구나!"

결국 백제와 고구려 군사들은 모두 항복하고 말았어요.

"뭐, 신라에게 금현성을 뺏겼다고?"

이 소식을 들은 고구려의 왕은 화가 머리끝까지 치솟았어요. 백제에게 힘들게 빼앗은 금현성을 신라에게 다시 뺏기다니요! 고구려의 왕은 즉시 군사를 보내어 금현성을 치게 했어요. 그러나 이번에도 신라에게 무릎을 꿇고 말았어요.

"어쩔 수 없구나. 모두 후퇴하라!"

싸움에 진 고구려 군사들은 모두 달아났어요. 이사부는 그

들을 끝까지 쫓아 모두 무찌르고 대승을 거두었어요. 도살성
과 금현성 모두 이제 신라의 땅이 된 거예요.

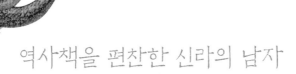

역사책을 편찬한 신라의 남자

거칠부

거칠부는 신라 제17대 내물왕의 5대손이에요. 할아버지는 각
간 잉숙이고 아버지는 이찬 물력이었어요. 각간과 이찬 모두
신라의 벼슬 이름이에요.

거칠부는 젊었을 때부터 사소한 것에 일일이 신경을 쓰는
성격이 아니었어요. 그에게는 장차 큰 뜻을 이루고 말겠다는
원대한 포부가 있었기 때문이에요. 그러려면 지금 상황에 만
족하는 대신, 더 넓은 세상을 보고 배워야 한다고 생각했어요.

'머리를 깎고 승려가 되어 여행을 다니는 거야.'

승려가 된 거칠부는 신라의 방방곡곡을 다니며 많은 것들을
보고 배웠어요. 그러다 어느새 고구려 땅에 다다랐어요. 거칠
부는 이번 기회에 고구려를 살펴 두는 것도 나쁘지 않다고 생
각했어요.

거칠부는 고구려의 이곳저곳을 돌아다녔어요. 그러던 어느 날, 거칠부는 우연히 혜량이라는 스님이 불경 강연을 연다는 소식을 들었어요. 사람들은 혜량 스님의 뛰어난 인품과 높은 덕을 입에 침이 마르도록 칭찬했어요.

'그렇게 덕이 높은 스님이라니, 나도 절에 가 봐야겠다.'

사람들의 말에 흥미가 생긴 거칠부는 혜량이 있다는 절로 향했어요. 마침 절에서는 혜량의 강연이 열리고 있었지요. 혜량의 강연은 정말이지 훌륭했어요. 깊이 감동한 거칠부는 그대로 절에 머무르며 혜량이 불경을 설법할 때마다 빠지지 않고 참석했어요.

하루는 혜량이 거칠부에게 말을 건넸어요. 매일 맨 앞자리에서 자신의 강연을 듣는 거칠부가 궁금했던 거예요.

"그대는 어디에서 왔소?"

"저는 신라에서 왔습니다."

거칠부가 공손히 대답했어요. 혜량은 아무 말 없이 거칠부의 얼굴만 지그시 바라보더니 그대로 돌아갔어요.

그날 밤이었어요. 혜량이 거칠부를 자신의 방으로 불렀어요.

'스님께서 무슨 일로 나를 부르시는 것일까?'

거칠부는 고개를 갸웃거리며 혜량의 방으로 들어섰어요. 혜량은 거칠부의 손을 덥석 잡고는 은밀한 목소리로 말했어요.

"내가 그동안 사람들을 여럿 만나다 보니 관상을 좀 볼 수 있게 되었소. 그대의 얼굴을 보아하니 분명 보통 사람은 아닌 듯하오. 그러니 이제 솔직히 말해 보시오."

"스님, 도대체 무슨 말씀이신지……."

거칠부가 말꼬리를 흐리며 물었어요. 그러자 혜량이 이렇게 말하는 게 아니겠어요?

"말해 보시오. 혹 다른 마음을 품고 이곳에 온 건 아니오?"

"아닙니다, 스님!"

거칠부가 깜짝 놀라 대답했어요. 자신이 신라 사람이라 혜량이 그런 말을 하는가 싶기도 했지요.

"스님, 저는 그동안 참된 도리를 깨우칠 기회가 없었습니다. 그러다 스님의 높으신 덕망을 듣고 이렇게 오게 된 것입니다. 부디 저를 내치지 마시고 계속 가르침을 주십시오."

혜량은 무언가 곰곰이 생각하더니 입을 열었어요.

"내 비록 부족하기 짝이 없으나 그대가 보통 사람이 아니라는 것은 알 수 있소. 이 나라가 아무리 작다 해도 언젠가는 그대의 정체를 들키고 말 거요. 내 이리 부른 것은 그대가 잡혀갈까 걱정이 되어서였소. 그러니 어서 신라로 돌아가시오."

"스님의 뜻, 잘 알겠습니다. 돌아가도록 하지요."

거칠부가 일어나 방을 나가려 할 때였어요. 혜량이 거칠부를 손짓하여 불렀어요.

"잠깐만, 이리 와 보시오."

혜량은 거칠부의 얼굴을 찬찬히 뜯어보며 말했어요.

"제비턱에 매의 눈이라……. 이는 틀림없이 장수의 얼굴이오. 훗날 그대는 군사를 이끌고 고구려에 오게 될 거요. 그럼 지금의 인연을 기억하여 나를 해치지는 말아 주시오."

거칠부가 고개를 끄덕이며 말했어요.

"만약 스님의 말씀과 같은 일이 생긴다면 스님을 절대로 해치지 않겠습니다. 저 밝은 달을 두고 맹세하지요."

말을 마친 거칠부는 혜량의 방을 빠져나왔어요. 그러고는 짐을 챙겨 신라로 돌아갔지요. 혜량의 예언은 그대로 적중했어요. 신라로 돌아간 거칠부는 대아찬이라는 높은 벼슬을 받았어요.

진흥왕 6년인 545년, 거칠부는 왕명을 받들어 신라의 역사를 정리한 『국사』라는 책을 펴냈어요. 그 후 진흥왕은 거칠부에게 파진찬이라는 벼슬을 내렸어요.

진흥왕이 왕이 된 지 12년째인 551년이었어요. 진흥왕은 거칠부와 구진, 비태, 탐지 등 여덟 명의 장군을 불러 명령했어요.

신라의 자신감을 담은 역사책, 『국사』

『국사』는 신라 진흥왕 때 거칠부가 쓴 역사책으로 지금은 남아있지 않아서 그 내용을 정확히 알 수 없게 되었어요. 하지만 학자들은 진흥왕 때 만들어진 것으로 보아 국가 제도 정비와 영토 확장에 대한 신라의 자신감을 과시한 책이었을 것이라고 추측해요. 또한 그에 따른 신라의 문화적 자존감도 널리 알리고자 한 것으로 보여요.

"그대들은 백제의 군사들과 힘을 합쳐 고구려를 물리쳐 주시오."

거칠부는 장군들과 함께 군사들을 이끌고 고구려로 향했어요. 이미 백제 군사들이 먼저 고구려에 도착하여 평양을 격파한 후였어요. 뒤를 이어 도착한 거칠부와 신라 장수들도 중령 이북 고현 이내의 열 개 군을 점령했어요.

그때였어요. 거리를 걷던 거칠부는 어딘가 익숙한 얼굴과 마주쳤어요. 자세히 보니 고구려에서 만났던 혜량 스님이었지요. 혜량은 한 무리의 사람들을 이끌고 길가에 나와 있었어요.

"혜량 스님, 정말 오랜만입니다!"

거칠부는 말에서 내려와 혜량에게 공손히 인사를 했어요.

"스님 덕분에 신라로 돌아와 목숨을 지킬 수 있었습니다. 이렇게 다시 뵙게 되니, 그 은혜를 어떻게 갚아야 할지 모르겠습니다."

그러자 혜량 스님이 말했어요.

"지금 우리 고구려의 조정은 매우 혼란스러워서 나라가 언제 망할지 모른다오. 만약 그대가 괜찮다면, 나를 신라로 데려가 주시오."

"예, 스님. 저희와 함께 가시지요."

거칠부는 혜량을 정중하게 신라로 모셔 갔어요. 그리고 혜량과 함께 진흥왕을 찾아갔지요. 거칠부는 진흥왕에게 옛날 고구려에서 혜량을 만났던 일을 상세히 아뢰었어요. 거칠부의 이야기를 들은 진흥왕이 혜량을 바라보며 말했어요.

내물왕릉 … 신라 제17대 내물왕의 무덤이에요. 거칠부의 선조이기도 한 내물왕은 마립간이라는 왕의 칭호를 처음 사용했으며 이때부터 신라에서는 한자를 사용하기 시작했어요.

"오호, 거칠부 장군과 그런 인연이 있었단 말이오? 내 그대를 승통으로 임명하리다."

승통은 신라의 모든 승려를 아우르는 우두머리를 말해요. 이에 혜량은 고개를 숙이며 진흥왕에게 감사의 뜻을 표했어요. 이후 신라에서는 처음으로 백좌강회가 열렸어요. 백좌강회란 많은 승려들을 초청하여 불경을 외우며 나라의 평안을 기원하는 법회예요. 또한 팔관법을 실시하여 전쟁에서 죽은 병사들의 넋을 위로하기도 했어요.

576년 진흥왕의 뒤를 이어 진지왕이 신라의 제25대 임금이 되었어요. 진지왕이 왕위에 오른 그해, 거칠부는 상대등이라는 신라의 최고 관직에 올랐어요. 진지왕을 보필하며 중요한 나랏일을 도맡아 하던 거칠부는 2년 후인 579년, 숨을 거두었어요.

당나라에서 이름을 떨친 신라의 학자

김인문

김인문은 신라 제29대 태종 무열왕인 김춘추의 둘째 아들이에
요. 어려서부터 유난히 총명하여 유교에 관한 책들을 많이 읽
고는 했지요. 노자와 장자의 글도 깨우치고, 불교에도 해박한
지식을 가지고 있었어요.

어디 그뿐인가요? 글도 잘 쓰고 활쏘기와 말타기에도 뛰어
난 재주를 보였어요. 심지어 노래까지 잘하니 그야말로 학문,
예술, 무술의 삼박자를 두루 갖춘 인재였지요. 여기에 마음까
지 넓고 깊어, 김인문을 칭송하지 않는 사람이 없었어요.

651년, 당시 신라를 다스리던 제28대 진덕 여왕이 김인문을
불렀어요.

"김인문 그대가 그토록 뛰어나다니, 당나라로 가서 황제를
숙위하도록 하여라."

"예, 임금님의 기대에 어긋나지 않도록 잘 모시겠습니다."

김인문이 고개를 조아리며 대답했어요. 숙위는 황제의 곁을 지키며 모시는 일을 말해요. 그 당시 김인문의 아버지인 김춘추는 아직 왕위에 오르지 않은 상태였어요. 김춘추는 신라의 안정을 위해서는 당나라와 친분을 유지해야 한다고 생각했어요. 그래서 일찍이 진덕 여왕에게 자신의 일곱 아들을 숙위로 보내 달라고 부탁하였지요. 아들을 보내어 당나라 황제를 모시게 하는 것이야말로 친분을 유지하는 가장 확실한 방법이라 생각한 거예요.

'드디어 내 차례가 되었구나!'

김인문은 좋은 기회라 여겼어요. 이미 예전부터 더 넓은 세상에 나아가 자신의 재주를 마음껏 펼쳐 보고 싶다는 생각을 가지고 있었기 때문이에요.

김인문은 곧 당나라로 향했어요. 당나라의 황제 고종은 김인문이 범상치 않은 인재라는 것을 알아보았어요. 총명하고 지혜로운 김인문을 마음에 들어 한 당나라 황제는 좌령군위 장군이라는 벼슬까지 내려 주었어요.

노자와 장자의 노장 사상

노자와 장자의 사상을 합해서 노장 사상이라고 하는데, 이 사상을 도가 학파가 계승했어요. 노장 사상은 중국 춘추 전국 시대에 공자의 유가 사상과 함께 철학의 중심이 되었어요. 춘추 전국 시대는 기원전 약 770년부터 221년경까지의 춘추 시대와 전국 시대를 함께 이르는 말이에요. 주나라를 시작으로 진시황이 진나라를 세워 중국을 통일하기 전까지, 수많은 나라들이 난립하여 서로 다투던 시대이지요.

김인문은 3년 동안 당나라에 머물며 자신의 능력을 마음껏 발휘하고 돌아왔어요.

그 무렵 신라는 김인문의 아버지 김춘추가 다스리고 있었어요. 진덕 여왕의 뒤를 이어 제29대 태종 무열왕이 된 거예요.

"돌아왔습니다, 아버님."

"오, 그동안 잘 지냈느냐?"

태종 무열왕은 아들 김인문을 반기며, 지금의 경상북도 경상군 지역인 압독주를 다스리는 총관으로 임명했어요. 압독주를 둘러본 김인문은 장산성을 쌓아 나라의 방어를 더욱 튼튼하게 했어요. 이에 태종 무열왕은 몹시 기뻐하며 상으로 땅을 내려 주었어요.

그즈음 백제 군사들이 신라를 자꾸 쳐들어오기 시작했어요. 태종 무열왕은 백제를 무찔러야겠다고 결심했어요. 의자왕의 방탕한 생활로 백제의 힘이 약해지자, 태종 무열왕은 지금이 바로 기회라고 생각했어요. 그래서 김인문에게 당나라 황제의 도움을 청하라 했지요.

당나라로 향한 김인문은 황제의 앞에 나아가 말했어요.

"신라가 백제를 치려 하니 부디 당나라의 힘을 빌려 주십시오."

당나라 황제는 소정방을 대총관으로 삼아 군사를 이끌고 백제를 치게 했어요. 그러고는 김인문에게 신라까지 가는 길이

험난하지 않은지, 편하게 갈 수 있는 방법은 무엇인지 물었어요. 김인문은 당나라 황제의 갑작스러운 질문에도 당황하는 기색 없이 상세하게 대답했어요.

"허허, 그대는 모르는 것이 없군!"

당나라 황제는 흡족해하며 김인문을 부총관으로 임명했어요. 그리하여 김인문은 소정방과 함께 당나라 군사들을 거느리고 백제로 쳐들어갔어요. 신라에서는 장군 김유신이 5만 명의 군사를 이끌고 백제로 향하고 있었지요.

신라와 당나라 연합군의 공격을 받은 백제는 결국 멸망하고 말았어요.

그 뒤 김인문은 다시 당나라로 돌아갔어요. 그런데 이번에는 고구려가 신라를 공격해 오고 있다는 소식이 들려왔어요. 당나라 황제가 김인문을 불러 말했어요.

"지금 신라가 고구려의 공격을 받고 있다고 한다. 내 군사를 보낼 터이니 그대는 신라로 돌아가 함께 고구려를 무찌르도록 하라."

노자와 공자와 부처 … 각기 다른 사상을 가진 도가의 노자, 유교의 공자, 불교의 부처를 한 데 그린 그림이에요. 이 사람들을 대표로 하는 세 사상은 동양의 역사와 철학에 많은 영양을 끼쳤어요.

　이에 김인문은 곧바로 신라로 돌아왔어요. 그리고 김유신과 함께 군사들을 이끌고 고구려의 평양성으로 향했어요. 당나라에서는 소정방이 군사들을 거느리고 왔어요. 하지만 고구려군의 수비는 아주 막강했어요. 성문은 도무지 열릴 기미가 보이지 않았지요.

　신라와 당나라 군사들은 점점 지쳐갔어요. 급기야 눈까지 펑펑 내리기 시작했지요. 당나라 군사들은 더 이상 가망이 없다고 여겨 그대로 돌아가 버렸어요. 어느덧 성 주변에는 신라 군사들만 남게 되었지요.

　"어쩔 수 없구나. 우리도 후퇴하자."

　신라 군사들도 포위를 풀고 돌아갈 채비를 했어요. 그런데 고구려 군사들이 길목을 막고 공격을 해 올 거라는 소식이 들려왔어요. 그러자 김인문은 김유신과 함께 깊은 밤에 신라 군사들을 모조리 후퇴시켜 버렸어요.

　"뭐, 신라 군사들이 간밤에 달아났다고?"

　고구려 군사들은 날이 밝고 나서야 이 사실을 알아챘어요. 그러고는 뒤늦게 신라군을 추격하기 시작했지요. 그런데 이게 어찌된 일일까요? 도망치던 신라 군사들이 갑자기 방향을 바꾸어 고구려 군사들에게 달려든 거예요. 신라 군사들은 당황한 고구려 군사들을 거침없이 베어 나갔어요. 결국 싸움은 신라의 승리로 끝났어요.

싸움이 끝난 후 김인문은 다시 당나라로 떠났어요. 몇 해 뒤 그는 당나라 군사들과 함께 고구려를 무찌르기로 했어요. 그 무렵 신라는 태종 무열왕의 뒤를 이어 김인문의 형인 문무왕이 다스리고 있었어요. 문무왕은 김인문에게 군사 20만 명을 주어 고구려를 치게 했어요.

고구려 군사들은 이번에도 호락호락하지 않았어요. 그렇게 엎치락뒤치락 싸우는 동안 어느새 한 달이라는 시간이 흘렀어요. 결국 힘에 부친 고구려 군사들은 항복하고 말았지요. 이로 써 고구려마저 멸망하게 된 거예요.

"허허, 고구려를 무찌르다니 참으로 고생했소."

문무왕은 매우 기뻐하며 김인문에게 많은 상을 주었어요. 소식을 들은 당나라 황제 역시 김인문의 공을 치하하며 다음과 같은 글을 내렸어요.

'그대는 손톱과 어금니처럼 훌륭한 장수이자, 문무를 갖춘 영재이다. 그대에게 작위를 내려 주고 땅을 주는 것이 좋을 것이다.'

당나라 황제는 김인문에게 벼슬과 땅을 내려 주었어요.

그 후 김인문은 당나라로 돌아가 궁궐에서 황제를 모셨어요. 그의 뛰어난 재주에 신라와 당나라 사람들 모두 그를 존경했지요. 당나라에서 자신의 이름을 떨친 김인문은 예순여섯 살의 나이로 세상을 떠났어요.

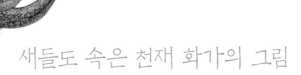

새들도 속은 천재 화가의 그림

솔거

솔거는 신라 시대의 훌륭한 화가예요. 그러나 솔거가 언제 어디서 태어났는지는 전혀 알려져 있지 않아요. 천한 신분이라 하여 가문의 내력을 제대로 기록해 놓지 않았기 때문이에요. 솔거의 어머니와 아버지가 누구인지도 알 수 없지요. 그저 신라 사람이라는 것 정도만 알려져 있을 뿐이에요.

하지만 한 가지 확실한 것이 있으니, 그것은 바로 솔거가 매우 뛰어난 화가였다는 거예요.

화가로서의 재능을 타고난 것일까요? 솔거는 어렸을 때부터 그림을 아주 잘 그렸어요. 하지만 가난한 집안 형편 때문에 붓과 도구는커녕 입에 풀칠하기도 어려운 상황이었지요. 그러나 솔거는 절대로 포기하지 않았어요. 솔거의 마음속에는 그림에 대한 뜨거운 열정이 불타오르고 있었기 때문이에요.

"그래, 붓과 종이가 있어야만 그림을 그릴 수 있는 건 아니야!"

솔거는 나뭇가지와 꼬챙이, 길바닥의 돌멩이를 주워 땅바닥에 그림을 그리기 시작했어요. 일단 솔거의 손에 잡히면 아무리 하찮은 것이라도 훌륭한 그림 도구로 변신했지요. 그렇게 솔거는 틈만 나면 그림을 그리는 일에 열중했어요.

"아니, 이렇게 어린 녀석이 신통하기도 하지!"

"허허, 그놈! 앞으로 훌륭한 화가가 되겠어."

솔거의 그림을 본 사람들은 혀를 내두르며 감탄했어요.

솔거는 매일매일 열심히 그림을 그렸어요. 먹을 것이 없어 쫄쫄 굶으면서도 그림 그리는 일만큼은 결코 소홀히 하지 않았어요. 배에서 '꼬르륵' 소리가 나도 그림을 그리고 있노라면 금세 행복해졌어요.

'나는 더 많은 것을 보고 느끼고 싶어. 그러면 내 그림도 더욱 좋아질 거야.'

청년이 된 솔거는 유랑을 해야겠다고 결심했어요. 지금보다 더 많은 것을 경험하고, 또 그리고 싶었기 때문이에요. 그리하여 집을 나와 신라의 방방곡곡을 발길 닿는 대로 떠돌아다니기 시작했어요. 수많은 산과 들이 솔거의 손끝에서 그림으로 태어났어요.

어느덧 세월이 흘렀어요. 솔거는 결혼도 하지 않은 채 평생

가상으로 복원한 황룡사 … 솔거가 벽에 소나무 그림을 그렸다는 황룡사는 전쟁으로 인해 지금은 남아 있지 않아요.

을 이곳저곳 떠돌며 살고 있었어요. 솔거의 머릿속에는 오직 그림만 존재했어요. 그림을 그리는 일로도 하루가 다 모자랄 지경이었어요.

봄에는 아름다운 꽃이 만발하고, 여름에는 나뭇잎이 푸르게 빛나며, 가을에는 고운 단풍이 세상을 물들이지요. 그리고 겨울이 되면 눈이 내려 온 세상이 눈부시게 빛나니, 어찌 그림 말고 다른 것을 생각할 수 있겠어요? 심지어 저기 저 산도 어제와 오늘의 모습이 다르니 말이에요.

그러던 어느 날, 솔거는 서라벌에 있는 황룡사를 지나게 되었어요. 이제 할아버지가 된 솔거의 머리에는 새하얀 눈이 살포시 내려앉아 있었지요. 그 무렵 솔거는 나라 안에서 훌륭한 화가로 명성이 자자했어요.

황룡사 벽을 본 솔거는 우두커니 멈추어 섰어요.

"벽이 텅 비어 있는 것이 무척이나 쓸쓸해 보이는구나."

솔거는 벽에 그림을 그리면 좋겠다고 생각했어요. 황룡사 스님들도 모두 찬성했어요.

솔거는 벽 앞에 서서 무엇을 그리면 좋을까 곰곰이 생각했어요. 그때 문득 소나무가 떠올랐어요.

'그래, 소나무를 그리는 거야.'

솔거는 소나무를 그리기로 마음먹었어요. 어쩌면 소나무의 변함없는 모습이 평생 화가의 길을 걸어온 자신과 닮았다고 느껴서 인지도 몰라요.

솔거는 붓을 들어 오래된 소나무를 그리기 시작했어요. 이윽고 황룡사 벽에는 나뭇가지가 멋들어지게 휘어지고, 푸른 잎이 뾰족뾰족한 소나무가 자리 잡게 되었어요.

"오, 정말 훌륭한 그림입니다!"

황룡사 스님들이 감탄하며 말했어요. 그림을 그린 솔거는 홀연히 황룡사를 떠났어요.

그런데 이 소나무 그림 때문에 문제 아닌 문제가 생겼어요. 글쎄, 소나무가 어찌나 사실 같던지, 가끔씩 진짜 소나무로 착각하는 사람들이 있었던 거예요. 사람들은 그늘 밑에 잠시 앉으려고 왔다가 그림이라는 사실을 알고 깜짝 놀라고는 했지요.

그뿐만이 아니었어요. 어느 날, 그림이 그려진 벽 밑을 본 스님들은 깜짝 놀랐어요. 새들이 머리를 부딪쳐 땅바닥에 떨어져 있었던 거예요.

"누가 새를 이 모양으로 만든 거지?"

"절에서 살생을 하다니, 도대체 이 무슨 일인가?"

분황사 모전석탑 ··· 지금까지 남아 있는 신라의 석탑 가운데 가장 오래된 것이에요. 원래는 7층에서 9층 높이를 가진 거대한 석탑이었지만, 임진왜란 때 훼손되어서 3층까지만 남아 있어요.

스님들이 고개를 갸웃거리고 있을 때였어요. 어디선가 새 한 마리가 벽을 향해 날아오더니, 머리를 '쿵!' 부딪치고는 땅으로 떨어지는 것이었어요.

"세상에, 새들마저 진짜 소나무로 아는 모양이야!"

스님들의 눈이 휘둥그레졌어요.

그 이후로도 수많은 새들이 솔거의 그림을 보고 날아들었어요. 제비, 참새, 솔개, 매, 까마귀……. 많은 새들이 잠시 날개를 쉬어 가려고 왔다가 벽에 머리를 부딪쳐 그대로 떨어졌지요.

세월이 흘러, 어느새 황룡사 벽에 그려진 소나무 그림도 나이를 먹어갔어요. 그림의 색은 허옇게 바래져 있었어요.

"이런, 색을 새로 칠해야겠구나."

이를 본 황룡사의 한 스님이 소나무 그림에 새로 색칠을 해 주었어요. 스님은 솔거의 그림을 해치지 않도록 조심하면서, 그려진 그대로 색을 칠해 나갔어요.

하지만 그 후 새들은 더 이상 소나무를 향해 날아들지 않았어요.

솔거의 노송도

솔거는 기록이 제대로 남아 있지 않아서 정확한 정보를 알 수 없는 사람이에요. 『삼국사기』에는 솔거가 신라 진흥왕 때 인물로 노송도를 황룡사 벽에 그렸다고 기록되어 있어요. 노송도는 늙은 소나무 그림을 뜻해요. 새들이 앉으려다 부딪혀 떨어졌다는 그 그림이에요. 이밖에 분황사의 관음보살상과 단속사의 유마상도 솔거가 그렸다는 기록이 있지만, 불에 타 없어지거나 해서 노송도를 비롯해 모든 그림이 남아 있지 않아요.

우리말 표기법 이두를 만든 사람

설총

설총의 아버지는 신라의 위대한 스님인 원효였어요.

원효는 일찍이 깨달음을 얻어 학문의 경지가 매우 높은 스님이었지요. 신라의 제29대 태종 무열왕은 남편을 잃고 홀로 지내는 요석 공주와 원효를 함께 지내게 했어요. 원효가 떠나간 뒤 요석 공주는 아들을 낳았는데, 이 아이가 바로 설총이에요.

여자를 가까이해서는 안 된다는 계율을 어긴 원효는 파계승이 되었어요. 그러나 그는 기꺼이 자신의 운명을 받아들였어요. 승려의 옷을 벗어던지고 자신을 소성 거사라 부르며 가난한 백성들에게 직접 부처의 사상을 전하고 다녔지요.

설총은 어려서부터 현명하고 지혜롭기가 이루 말할 수 없었어요. 경전과 역사에도 조예가 깊었으며 학문의 경지가 매우 높았어요. 또한 이두를 사용하여 『논어』, 『맹자』 같은 중국 경전을 우리말로 해석했어요. 그리하여 제자들이 쉽게 경전을 공부할 수 있게 했지요.

설총 덕분에 우리나라의 유학은 크게 발전할 수 있었어요. 학자들은 설총을 우러러보며 받들었어요. 설총은 글쓰기에도 탁월한 재능이 있었으나, 아쉽게도 그가 쓴 글은 남아 있지 않아요. 그나마 신라 제31대 신문왕에게 들려준 '화왕계'만이 전해져 오고 있을 뿐이에요.

우리말 표기법, 이두

한글 같은 우리말 표기법이 없었던 신라 시대 때는 말을 글로 적을 방법이 없었어요. 그래서 설총은 한자의 음과 훈을 빌려서 우리말을 적는 이두라는 것을 만들었어요. 훈민정음이 만들어진 뒤에는 전처럼 활발하게 사용되지 않았지만, 조선 후기인 정조 시대까지도 사용되었다고 해요.

햇볕이 쨍쨍 내리쬐는 어느 여름날이었어요. 신문왕이 설총을 불러 말했어요.

"오랫동안 내리던 비가 그치고 향기로운 바람이 부는구려! 맛있는 음식이나 아름다운 음악도 좋지만 재미있는 이야기에 비할 수는 없지. 그래, 나를 위해 색다른 이야기를 들려주지 않겠는가?"

그러자 설총이 대답했어요.

"옛날 화왕이 처음 왔을 때의 이야기를 들려드리겠습니다."

화왕은 모란꽃을 뜻하는 말이에요.

"오오, 그거 재미있겠군! 어서 말해 보시오."

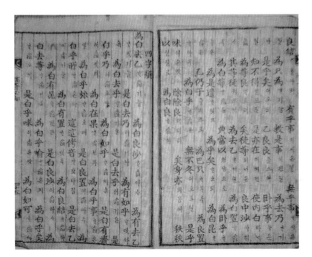

『유서필지』 ⋯ 조선 후기에 쓰였다고 짐작되는 공문서 작성 방법 책이에요. 이 책에는 이두를 읽는 법과 쓰는 법 등이 자세하게 나와 있어요.

이윽고 설총은 이야기를 시작했어요.

옛날 화왕이 처음 왔을 때의 이야기예요. 어느 꽃동산에 화왕을 심고 푸른 장막을 둘러 정성스럽게 가꾸었어요. 봄이 되자 아름다운 꽃이 피어났어요. 화왕이 어찌나 곱고 아름답던지, 동산의 다른 꽃들과는 비교가 되지 않을 정도였지요.

동산 곳곳에서 꽃들이 화왕에게 인사를 올리러 왔어요. 그때 빨간 얼굴에 옥 같은 이를 지니고 옷을 예쁘게 차려 입은 꽃 한 송이가 나타났어요. 꽃은 사뿐사뿐 걸어 화왕에게 다가와 말했어요.

"저는 눈처럼 흰 모래를 밟고, 거울처럼 맑은 바다를 대하며, 봄비로 깨끗이 목욕하고, 맑은 바람을 쐬며 사는 장미입니다. 임금님의 덕이 몹시 훌륭하다 하여 이렇게 찾아왔습니다. 향기로운 장막 속에서 임금님을 모시고자 하니 부디 허락해 주십시오."

그때 저 멀리서 또 다른 꽃 한 송이가 나타났어요. 그 꽃은

베옷을 입고 가죽 띠를 둘렀으며, 머리는 온통 하얗게 세 있었어요. 지팡이를 짚고 구부정한 걸음걸이로 걸어온 그 꽃은 화왕을 향해 입을 열었어요.

"저는 성문 밖 큰길가에 살고 있습니다. 아래로는 넓은 들판의 경치를 바라보고, 위로는 뾰족이 높은 산에 기대어 사는 할미꽃이라 합니다. 기름진 음식으로 배를 채우고 차와 술로 정신을 맑게 할지라도, 상자 속에는 양약과 극약이 있어야 한다고 생각합니다. 양약으로 좋은 기운을 북돋우고 극약으로 독을 제거하는 것입니다. 옛말에 아무리 좋은 물건이 있더라도 천한 물건을 버리지 말라 했습니다. 무릇 군자란 혹시 모를 모자람에 항상 대비해야 하기 때문입니다. 임금님께서는 어떻게 생각하십니까?"

그러자 곁에서 지켜보던 사람이 화왕에게 물었어요.

"임금님, 둘 중 누구를 선택하고 누구를 버리시겠습니까?"

화왕은 깊은 고민에 빠졌어요.

"할미꽃의 말도 옳지만, 저처럼 아름다운 장미는 얻기 힘들지. 도대체 이를 어찌해야 한단 말인가?"

그러자 할미꽃이 화왕의 앞으로 나아가 말했어요.

"저는 총명하신 임금님께서 모든 일을 마땅히 잘 판단하실 줄 알고 왔습니다. 그런데 지금 보니 제 생각이 틀렸던 모양입니다. 무릇 임금이 된 사람치고 아첨하는 이를 멀리하고, 정직

분황사 보광전에 있는 원효 대사 진영 … 원효 대사가 죽기 전까지 머물렀던 분황사 보광전에는 원효 대사의 모습을 그린 그림이 있어요.

한 이를 가까이하는 자가 드뭅니다. 그래서 맹자는 불우하게 일생을 마쳤으며, 풍당은 평생을 낭중이라는 낮은 벼슬만 지내다 늙었습니다. 옛날부터 이러했으니 제 한 몸 버려진다 한들 어떻겠습니까?"

할미꽃의 말을 들은 화왕은 다급히 외쳤어요.

"내가 잘못했구나! 내가 잘못했어!"

설총의 이야기는 이렇게 끝났어요.

이야기를 들은 신문왕은 무언가 생각하는 듯 몹시 진지한 얼굴이었어요. 그러더니 이윽고 입을 열어 말했어요.

"그대의 이야기에는 실로 깊은 뜻이 담겨 있구려. 방금 그대가 나에게 들려준 이야기를 글로 남겨 앞으로 왕이 될 자들에게 교훈으로 삼게 하시오!"

신문왕은 설총에게 높은 벼슬을 내려 주었어요.

훗날 고려의 제8대 왕인 현종은 설총에게 홍유후라는 칭호를 내리고 공자를 모시는 사당에 함께 모셔 제사를 지냈어요. 설총의 아버지인 원효가 위대한 스님이었다면, 설총은 신라가 낳은 위대한 학자였어요.

설총의 아버지, 원효 대사

원효 대사는 많은 기록을 남겨서 불교 사상 발전에 크게 기여한 인물이에요. 원효가 불교의 새로운 교리를 공부하기 위해 당나라로 가는 길에, 해골바가지의 물을 마신 뒤 깨달음을 얻었다는 이야기는 무척이나 유명해요. 또한 원효는 불교를 대중적으로 널리 알리는 데도 힘썼어요. 전국을 돌아다니면서 불교 사상을 전하고, 나무아미타불이라는 염불을 백성들이 알도록 만든 장본인이라고도 해요.

신라의 외로운 천재

최치원

최치원은 신라의 수도인 서라벌 사량부에서 태어났어요. 당시 신라는 제47대 헌안왕이 다스리고 있었지요.

최치원은 어렸을 때부터 영특하고 총명한 아이였어요. 책을 읽으며 새로운 것을 깨우치는 일에 즐거움을 느꼈지요. 성격 또한 꼼꼼하면서도 무척 민첩했어요.

'신라에서는 저 아이가 자신의 능력을 마음껏 펼칠 수 없다.'

최치원을 보는 아버지의 마음은 아파왔어요. 최치원의 집안은 6두품이었기 때문이에요. 6두품 출신들은 아무리 뛰어난 능력이 있어도 오를 수 있는 벼슬에 한계가 있었어요. 최치원의 아버지는 아들의 재능을 그대로 썩히고 싶지 않았어요.

그런 아버지의 마음을 알았던 걸까요? 열두 살이 된 최치원은 당나라로 유학을 가겠다고 마음을 먹었어요. 그 무렵 신분의 굴레에 갇힌 수많은 신라 6두품 출신들은 당나라로 가서 학문을 익히고 있었지요.

최치원은 열두 살에 당나라로 떠나는 배에 오르게 되었어요. 아버지는 먼 곳으로 떠나는 어린 아들에게 단호한 목소리로 말했어요.

"10년 안에 당나라 과거 시험에 합격하지 못한다면 너는 내 아들이 아니다! 가서 열심히 공부해야 한다."

최치원은 아버지의 눈을 바라보았어요. 아버지의 눈에는 자신을 걱정하는 마음이 가득 담겨 있었지요. 최치원은 주먹을 불끈 쥐었어요.

"예, 아버님. 열심히 해서 꼭 합격하겠습니다."

당나라에 도착한 최치원은 아버지와 했던 약속을 떠올리며 이를 악물고 공부했어요.

'다른 사람이 백을 노력한다면 나는 천을 노력해야만 해.'

최치원은 밤늦게까지 책을 읽으며 공부했어요. 잠이 쏟아질라치면 뾰족한 가시로 살을 쿡 찔러 졸음을 쫓아냈어요. 그러고 다시 또 책을 읽었어요.

그리하여 874년 최치원은 열여덟 살의 나이로 당나라 과거 시험에 합격했어요. 신라를 떠나온 지 6년 만의 일이었어요. 아버지와 약속했던 10년보다 무려 4년이나 빨리 과거에 합격한 거예요. 물론 최치원이 그동안 피나는 노력을 했기에 가능

했던 일이었지요.

과거에 합격한 최치원은 율수현이라는 고을의 현위란 벼슬을 맡게 되었어요. 최치원은 백성들을 아끼는 마음으로 자신에게 주어진 일을 묵묵히 해냈어요.

하루는 당나라의 황제인 희종이 최치원을 조정으로 불러들였어요.

"내 듣자하니 그대의 능력이 아주 뛰어나다 하더군. 승무랑 시어사 내공봉 벼슬을 내려 주겠네."

희종은 최치원에게 자금어대를 주었어요. 자금어대는 물고기 모양의 장식이 붙어 있는 주머니로, 정5품 이상의 신하들만 받을 수 있었어요. 희종이 자금어대를 하사했다는 것은 그만큼 최치원의 능력을 높이 샀다는 뜻이에요.

"감사합니다, 폐하."

최치원은 마음이 벅차올랐어요. 신라 사람인 그가 뛰어난 재능과 능력으로 마침내 당나라 황제의 인정을 받은 거예요.

그로부터 몇 해 뒤, 당나라에 큰 사건이 일어났어요. 소금 장수였던 황소라는 사람이 나라에 불만을 품고 사람들을 모아 반란을 일으킨 거예요. 황소의 세력은 점점 커져서, 그대로 두었다가는 조정에 위협이 될 수도 있을 상황까지 왔어요.

황제 희종은 황소를 더 이상 내버려 둘 수 없다고 생각했어요. 희종은 고변을 제도행영 병마도통에 임명하고, 최치원을

종사관으로 삼았어요. 그리고 두 사람이 힘을 합쳐 황소 무리를 무찌르도록 했지요.

최치원은 붓을 들어 황소 무리를 꾸짖는 글부터 쓰기 시작했어요. 황소를 치기 위해서 지은 글이라 하여 '토황소격문'이라는 이름이 붙었지요. 최치원은 글을 완성한 뒤 나라 곳곳에 붙이도록 했어요.

"혹시 그 글 읽어 봤어? 문장이 어찌나 훌륭하던지!"

"그러니까 말이야. 읽는 순간 내가 다 오싹했지 뭐야!"

최치원의 글을 본 사람들은 너 나 할 것 없이 혀를 내두르며 감탄했어요. 문장 하나하나가 뛰어나면서도 황소를 향한 서릿발 같은 호통이 잘 드러난 글이었어요. 글쎄, 황소가 아닌 사람까지도 왈칵 겁이 날 정도였지요. 그만큼 최치원의 글 솜씨가 매우 뛰어났던 거예요.

어느덧 황소도 최치원의 글을 읽게 되었어요.

"흥, 제깟 놈이 뭐라고 나를 꾸짖어?"

황소는 최치원을 비웃으며 글을 계속 읽었어요. 그러나 글

6두품의 최치원

신라는 골품 제도라는 강력한 신분 제도를 시행했어요. 왕족을 포함한 고위 귀족으로 이루어지는 성골과 진골은 왕이 될 수도 있는 계급이에요. 두품층은 귀족과 일반 백성을 대상으로 계급을 나눈 거예요. 최치원은 두품 중에서 가장 높은 6두품이었지만 골족에게 막혀 큰 출세는 꿈꿀 수 없었어요. 6두품이 할 수 있는 벼슬은 제한되어 있었기 때문이에요. 골족이 권력을 독점하고, 능력이 있어도 신분 때문에 성공할 수 없는 현실에 많은 6두품들은 불만을 갖게 되었어요. 결국 최치원처럼 신분의 벽이 없는 당나라로 건너가 성공하는 사람들이 생겨난 것이지요.

황소를 물리쳐라! 토황소격문

최치원은 유교와 불교, 도교에 이르기까지 다양한 학문에 깊은 이해를 가진 학자이자 문장가였어요. 황소의 난이 일자 최치원은 황소를 토벌하자는 내용의 토황소격문을 썼어요. '사람들 뿐만 아니라 지하의 귀신들까지 너를 죽이려 한다'는 말로 황소를 겁먹게 했지요. 반대로 '미련한 짓 하지 말고 일찍 기회를 보아 좋은 방책을 세워 잘못을 고치도록 하라고 회유하는 문장도 썼어요. 황소의 난이 진압된 뒤, 중국인들 사이에서는 최치원의 글이 황소를 격퇴했다는 말이 떠돌았다고 해요. 훌륭한 글솜씨로 당나라 전체에 이름을 날린 것이에요.

을 점점 읽어갈수록 황소의 얼굴이 새파랗게 질리기 시작했어요. 어느새 그 얼굴에서는 웃음 한 점 찾아볼 수 없게 되었지요. 황소는 다음과 같은 구절에 이르렀어요.

'천하의 모든 백성들이 너를 드러내 놓고 죽이려 할 뿐만 아니라, 땅속의 귀신들까지 이미 너를 죽이려 의논했을 것이다!'

순간 황소의 다리가 후들후들 떨리기 시작했어요. 얼마나 소스라치게 놀랐던지, 글을 읽다가 그만 바닥으로 굴러 떨어지고 말았어요.

이후 황소의 난은 진압되고 나라는 다시 평온해졌어요. 당나라 백성들은 최치원의 뛰어난 문장력을 칭송하며 이렇게 말했어요.

"황소를 무찌른 건 칼이 아니라 최치원의 글일지도 몰라!"

세월이 흘러, 최치원은 스물여덟 살이 되었어요. 당나라에 이름을 널리 알리고, 황제에게 인정도 받았지만 마음 한구석은 어딘가 허전하기만 했어요. 창밖을 보고 있노라면 16년 전 떠나온 신라의 모습이 어른거렸어요. 고향에 계신 부모님도 그리웠어요.

'부모님은 잘 지내고 계실까…….'

결국 최치원은 신라에 돌아가기로 마음먹었어요. 당나라 황제는 매우 아쉬워하며 신라의 왕에게 보내는 글을 써 주었어요.

그 무렵 신라는 제49대 헌강왕이 다스리고 있었어요. 헌강왕은 최치원을 시독 겸 한림학사로 임명했어요. 신라 조정에서 당나라에 보내는 문서를 작성하는 일을 맡게 된 거예요.

'그동안 당나라에서 쌓은 경험을 바탕으로 내 능력을 펼쳐 보이리라.'

최치원은 이제 조국인 신라를 위해 열심히 일하기로 굳게 다짐했어요. 그러나 조정의 신하들은 최치원을 달갑게 여기지 않았어요. 결국 그들의 의심과 시기를 견디다 못한 최치원은 태산군 태수가 되어 지방에서 일하게 되었지요.

신라 제51대 진성 여왕 시절에는 나라를 개혁하기 위한 시무책 10여 조를 올리기도 했어요. 그러나 이번에는 중앙 귀족들이 반대를 하고 나섰지요.

최치원 … 최치원은 신분의 차이를 극복하기 위해 당나라로 건너가 많은 공을 세웠어요. 특히 소금 장수였던 황소가 일으킨 난을 글로 물리치며 당나라에서 그 실력을 인정받았어요.

최치원의 열망은 꺾이고 말았어요. 당나라에서 아무리 인정을 받았다 해도 그곳에서 그는 신라 사람이라는 장벽을 느껴야만 했어요. 그러나 막상 신라

가야산 해인사 … 최치원은 진성 여왕에게 시무 10여 조를 올려서 벼슬자리에 올랐지만 귀족들의 반발로 벼슬에서 물러나 온 나라를 떠돌다가 가야산 해인사에서 여생을 마쳤어요.

에 돌아오니 이제 6두품이라는 신분이 그의 발목을 잡고 놓아 주지 않는 거예요.

"허허, 때를 잘못 만난 것인가? 이제 다시는 벼슬자리에 오르지 않으리라."

최치원은 크게 탄식하며, 산속에서 책을 읽으며 생애를 보냈어요. 그리고 말년에는 가족과 함께 가야산에서 지내다 숨을 거두었지요.

최치원은 뛰어난 능력과 재주를 가진 천재였어요. 그의 학식은 높았고 글 솜씨 또한 수준 높은 경지에 이르렀지요. 그러나 시대를 잘못 타고났던 것일까요? 최치원은 훌륭한 날개를 가지고 있었으나 마음껏 날아 보지 못한 채 세상을 떠났어요.

옛날 당나라 유학 시절, 친구 고운은 시를 지어 읊으며 신라

로 돌아가는 최치원을 배웅해 주었어요. 고운은 자신의 벗인
최치원이 뛰어난 인재라는 사실을 알고 있었던 거예요.

나는 들었네, 바다 위에 세 마리 금자라가 있어
머리 위에는 높디높은 산을 이고 있다네.
산 위에는 구슬과 보배와 황금으로 장식한 궁전이 있고,
산 아래에는 천리만리 커다란 파도가 있다네.
그 곁에 점 하나 푸르른 계림 땅에서
자라산의 정기가 어려 기특한 이를 낳았네.
열두 살에 배를 타고 바다를 건너오니
그 문장 중국을 감동시켰네!
열여덟 살에 글을 겨루는 과거에 나아가니
단 하나의 화살로 과녁을 꿰었도다!

국경을 초월한 사랑

호동 왕자와 낙랑 공주

호동은 고구려 제3대 대무신왕과 둘째 왕비 사이에서 태어났어요. 훤칠하고 수려한 외모에 영특하기까지 하여 어릴 적부터 많은 이들의 사랑을 한 몸에 받았어요. 아버지인 대무신왕역시 호동을 매우 아꼈지요.

그러던 어느 날, 호동은 옥저 지방으로 여행을 떠났어요. 정말이지 나들이하기 참 좋은 계절이었어요. 들판에는 색색의꽃들이 한가득 피어 있고, 나무들은 푸르고 성성한 잎을 마음껏 뽐냈어요. 어디선가 옥구슬에 굴러가는 듯 새들의 맑은 노랫소리도 들려왔어요.

"정말 아름다운 경치로구나!"

그렇게 옥저를 여행하던 호동은 우연히 길에서 낙랑국의왕, 최리와 마주쳤어요. 호동이 고개를 숙여 보이고 곁을 지나

치러 할 때였어요.

"내 그대의 얼굴을 보니 범상치 않은 사람인 것 같소. 혹시 고구려의 왕자가 아니오?"

호동이 깜짝 놀라 대답했어요.

"예, 그렇습니다. 저는 고구려의 왕자 호동이라 합니다."

최리는 호동의 모습을 찬찬히 살폈어요. 훤칠하고 잘생긴 얼굴에 듬직해 보이는 호동이 마음에 쏙 들었지요.

"나는 낙랑국의 왕 최리요. 오늘 이렇게 마주친 것도 인연이니, 내 그대를 궁에 초대하고 싶소. 그대 생각은 어떠하오?"

"초대해 주신다니, 감사할 따름입니다."

그리하여 호동은 최리와 함께 궁으로 향했어요. 궁에 다다르자 한 여인이 호동과 최리를 반갑게 맞아 주었어요.

'저 여인은 누구지?'

호동은 여인의 고운 자태에 마음을 빼앗겼어요. 그때 여인이 최리를 돌아보며 물었어요.

"아버님, 이분은 누구신가요?"

"허허, 고구려의 호동 왕자님이란다."

그제야 호동은 그 여인이 최리의 딸 낙랑 공주라는 사실을 알게 되었어요.

"공주야, 호동 왕자님을 방으로 모셔다 주려무나."

"예, 아버님."

전설의 북, 자명고

낙랑에 있었던 자명고란 스스로 우는 북을 뜻해요. 적이 침입하면 저절로 울리는 전설의 북으로 낙랑을 지켜 주었어요. 낙랑은 기원전 108년경에 중국 전한의 무제가 위만이 다스리던 고조선을 멸망시킨 뒤 그 땅에 설치한 네 개의 행정 구역 중 하나예요. 낙랑군과 임둔군, 현도군과 진번군이 그 네 구역이었는데, 훗날 고구려가 이 땅을 되찾았어요. 낙랑 공주는 바로 이 낙랑의 공주를 말해요.

공주는 호동을 방으로 안내해 주었어요. 호동은 사뿐사뿐 걸어가는 낙랑을 하염없이 바라보았어요. 낙랑 공주는 마치 한 떨기 꽃처럼 가녀리고 아리따웠어요.

"여기가 왕자님이 머무르실 방이에요."

공주는 얼굴을 발그스름하게 물들인 채 돌아갔어요. 낙랑 공주 역시 늠름하고 잘생긴 호동이 마음에 들었던 거예요.

호동은 최리의 궁에서 오랜 시간을 머물렀어요. 어느덧 호동과 공주는 서로를 사랑하게 되었지요. 호동은 공주와 계속 함께 지내고 싶었지만, 언제까지나 그럴 수는 없는 노릇이었어요. 너무 오랫동안 고구려를 떠나 있었던 거예요.

"그동안 극진히 대해 주셔서 정말 감사합니다. 저는 이제 고구려로 돌아가야 할 것 같습니다."

"무사히 돌아가도록 하시오."

최리는 아쉬워하며 호동과 작별 인사를 나누었어요. 최리의 방을 나오는 호동의 마음은 우울하기 그지없었어요.

'고구려로 돌아가면 이제 공주와 함께할 수 없겠지.'

호동의 마음은 찢어질 듯 아파왔어요.

소식을 들은 공주 역시 눈물을 뚝뚝 흘리며 슬퍼했지요.

"왕자님, 고구려로 떠나신다는 게 정말인가요?"

"그렇소. 하지만 아버님께 우리의 혼인을 허락받아 금방 돌아올 거요. 그때까지 조금만 기다려 주시오."

"예, 왕자님. 빨리 돌아오셔야 해요."

그렇게 호동은 공주와 헤어져서 고구려로 돌아왔어요. 궁궐에 도착한 호동은 바로 아버지 대무신왕을 찾아가 인사를 올렸어요.

"그래, 여행은 잘 다녀왔느냐?"

"예, 옥저와 낙랑을 여행하고 왔습니다."

"아니, 낙랑에 다녀왔단 말이냐?"

대무신왕이 물었어요. 대무신왕은 예전부터 낙랑국을 점령할 기회만을 호시탐탐 노리고 있었기 때문이에요. 하지만 낙랑에는 적이 쳐들어오면 저절로 소리를 내는 자명고와 나팔이 있어 쉽사리 쳐들어갈 수 없었어요.

"예, 아버님. 저는 그곳에서 낙랑 공주에게 반했습니다. 부디 공주와 혼인할 수 있도록 허락해 주십시오."

호동이 간절한 목소리로 말했어요. 그러자 가만히 듣고만 있던 대무신왕이 입을 열었어요.

"그래, 결혼을 허락하마. 그러니 낙랑의 정세

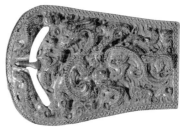

순금 허리띠 … 낭락의 유적인 평양 석암리 9호분에서 나온 낙랑의 유물이에요. 고조선과 중국 문화가 어우러진 낙랑 문화의 특수성을 잘 보여 주고 있어요.

가 어떤지 자세히 말해 보아라."

호동은 뛸 듯이 기뻐하며 자신이 보고 온 것을 상세히 말했어요.

'어쩌면 이것은 하늘이 내린 기회일지도 모른다.'

대무신왕은 호동의 말을 들으며 생각했어요. 그동안 자명고와 나팔을 어떻게 없애야 할지 도무지 좋은 방법이 떠오르지 않았는데, 아들의 결혼을 이용하면 되겠다고 생각한 거예요. 낙랑왕의 딸 낙랑 공주 역시 아들인 호동을 좋아한다니, 아주 잘됐다 싶었지요.

대무신왕은 여전히 기뻐하는 호동에게 말했어요.

"네가 혼인하기 위해서는 한 가지 조건이 있다."

"아버님, 그게 무엇입니까?"

"낙랑을 공격하여 점령한다면 공주와 너의 결혼을 허락해 주마."

순간 호동의 얼굴에서 웃음이 싹 사라졌어요. 그제야 호동은 대무신왕이 자신의 결혼을 이용하여 낙랑을 치려고 한다는 사실을 알게 되었어요. 대무신왕의 말은 이어졌어요.

"자명고와 나팔을 없앨 수 있는 사람은 오로지 낙랑 공주뿐이다. 네가 잘해낼 것이라 믿는다."

방으로 돌아온 호동은 깊은 고민에 빠졌어요. 고구려의 왕자로서 나라의 영토를 넓히는 일을 마다할 리가 없었어요. 하

지만 그 상대가 하필이면 사랑하는 공주의 나라라니, 호동의 마음은 무척 괴로웠어요.

그날 밤, 호동은 고민 끝에 낙랑 공주에게 편지를 써서 보냈어요.

"뭐, 왕자님이 편지를 보내셨다고?"

낙랑 공주는 매우 기뻐하며 호동이 보낸 편지를 읽어 보았어요.

'공주, 아버님께서 드디어 우리의 혼인을 허락해 주셨소. 단, 조건이 하나 있소. 그대가 자명고와 나팔을 부수어 주는 거요. 그렇지 않으면 공주를 아내로 맞이할 수 없소.'

공주의 마음은 무거워졌어요.

"사랑하는 왕자님과 함께하기 위해서는 내 나라를 버려야 한단 말인가!"

공주는 밤새 잠도 이루지 못한 채 고민했어요. 하지만 호동 왕자와 자신의 나라 중에 무엇을 택해야 할지 알 수 없었어요. 순간 공주의 눈앞에 호동의 모습이 어른거렸어요. 낙랑 공주는 호동이 그리운 나머지 가슴을 부여잡고 흐느껴 울었어요.

"그래, 왕자님과 함께할 수 있다면……."

결국 공주는 자명고와 나팔을 부수기로 마음먹었어요.

낙랑군을 포함한 한사군이 있었던 지역 … 낙랑군은 기원전 108년 중국 한나라의 무제가 고조선을 멸망시키고 그 영토를 다스리기 위해 설치한 4군, 즉 한사군 중 가장 오래 남아 있었던 군이었어요.

깊은 밤이었어요. 공주는 칼로 자명고를 찢고, 나팔을 부수어 버렸어요. 그리고 이 사실을 호동에게 알려 주었지요. 공주의 가슴은 쿵쾅쿵쾅 뛰었어요.

어느덧 고구려 군사들이 낙랑에 들이닥쳤어요.

"아니, 어째서 자명고와 나팔이 울지 않았단 말이냐!"

최리는 깜짝 놀라 무기고로 뛰어갔어요. 자명고와 나팔이 모두 부서져 있었어요. 최리는 이 일이 낙랑 공주의 소행이라는 것을 결국 알게 되었어요.

"죄송합니다, 아버님. 호동 왕자님을 사랑한 나머지 그만……."

화가 머리끝까지 난 최리는 공주에게 사형을 내리고 말았어요. 결국 공주는 그토록 그리워하던 호동을 보지 못한 채 숨을 거두었어요.

"공주, 나를 혼자 두고 가 버리다니……."

호동은 공주의 시체를 끌어안고 흐느껴 울었어요. 결국 고구려는 낙랑을 점령했어요.

"이번 전투는 호동 왕자의 공이 컸도다."

궁궐로 돌아온 대무신왕은 호동을 칭찬하며 껄껄 웃었어요. 그리고 예전보다 더욱 호동을 아끼게 되었어요.

'이대로 호동이 왕위를 잇게 되는 건 아니겠지?'

대무신왕의 첫째 왕비는 몹시 불안해졌어요. 그래서 대무신왕을 찾아가 거짓으로 호동을 모함했어요. 처음에는 믿지 않던 대무신왕도 결국 왕비의 주장에 넘어가 호동을 의심하기 시작했어요.

"아버님마저 나를 믿어 주시지 않는구나."

공주를 잃어 괴로워하던 호동은 이제 더 이상 견딜 수 없었어요. 그렇다고 첫째 왕비가 거짓말을 했다고 사실대로 말하여 아버지 대무신왕의 마음을 아프게 할 수는 없었지요.

"내 사랑하는 공주의 곁으로 떠나리."

결국 호동은 스스로 목숨을 끊고 낙랑 공주의 뒤를 따랐어요.

백만 엄마들의 가슴을 뛰게 만든 바로 그 책,
〈공부가 되는〉 시리즈

- 재미와 호기심을 충족시키며 교과 연계 학습까지 되는 **기초 교양 학습서**
- 연이은 백만 엄마들의 뜨거운 호평, **출간 즉시 베스트셀러 도서**
- 통섭과 융합형 교과서로 **하버드 대학 교수가 추천한 도서**

공부가 되는 세계 명화
글공작소 글 | 18,000원

공부가 되는 한국 명화
글공작소 글 | 18,000원

공부가 되는 식물도감
글공작소 엮음 | 37,000원

공부가 되는 그리스로마 신화
글공작소 글 | 12,000원

공부가 되는 별자리 이야기
글공작소 글 | 12,000원

공부가 되는 탈무드 이야기
글공작소 엮음 | 12,000원

공부가 되는 삼국지
나관중 원작 | 장은경 그림 | 12,000원

공부가 되는 유럽 이야기
글공작소 글 | 14,000원

공부가 되는 조선왕조실록 1,2(전2권)
글공작소 글 | 김정미 감수 | 각 13,000원

공부가 되는 저절로 영단어
다니엘 리 글 | 14,000원

공부가 되는 우리문화유산
글공작소 글 | 14,000원

공부가 되는 저절로 고사성어
글공작소 글 | 15,000원

〈공부가 되는〉 시리즈는 계속 출간됩니다.

공부가 되는 한국대표고전 1, 2 (전2권)
글공작소 글 | 각 13,000원

공부가 되는 셰익스피어 4대 비극·5대 희극(전2권)
윌리엄 셰익스피어 원작 | 글공작소 엮음 | 각 14,000원

공부가 되는 논어 이야기
공자 지음 | 글공작소 엮음 | 14,000원

공부가 되는 경제 이야기 1,2 (전2권)
글공작소 글 | 각 13,000원

공부가 되는 한국대표단편 1, 2, 3 (전3권)
박완서 외 지음 | 글공작소 엮음 | 각 13,000원

공부가 되는 로빈슨 과학 탈출기
대니얼 디포 원작 | 글공작소 엮음 | 13,000원

공부가 되는 과학 백과 우주 지구 인체(전3권)
글공작소 글 | 각 13,000원

공부가 되는 일등 멘토의 명연설
글공작소 엮음 | 13,000원

공부가 되는 가치 사전
글공작소 엮음 | 13,000원

공부가 되는 안네의 일기
안네 프랑크 원작 | 글공작소 엮음 | 13,000원

공부가 되는 톨스토이 단편선
레프 톨스토이 원작 | 글공작소 엮음 | 13,000원

공부가 되는 긍정 명언
글공작소 엮음 | 14,000원

공부가 되는 이솝 우화
이솝 원작 | 글공작소 엮음 | 13,000원

공부가 되는 창의력 백과
글공작소 글 | 14,000원

공부가 되는 재미있는 어휘사전
글공작소 글 | 14,000원

공부가 되는 삼국유사
글공작소 엮음 | 14,000원